U0711147

跟着**唐诗**去**旅行**上

任乐乐 - 著

北京理工大学出版社
BEIJING INSTITUTE OF TECHNOLOGY PRESS

目录

第一辑 长安长安
——世界上曾经最繁华的地方

第二辑 寻秦之旅
——千年城阙，唯我三秦

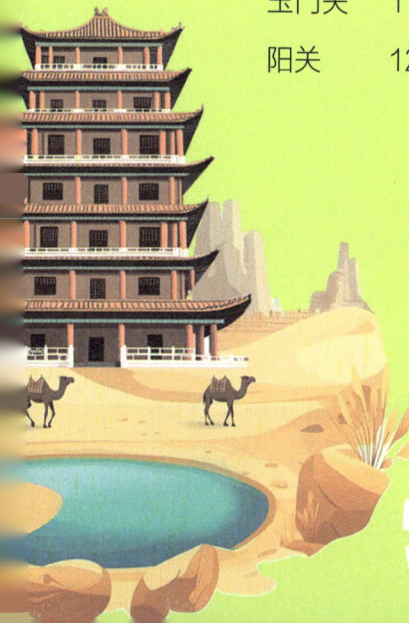

大明宫

忆昨赐沾门下省，
退朝擎出大明宫。

塔势如涌出，
孤高耸天宫。

慈恩寺

终南山

太乙近天都，
连山到海隅。

秦始皇陵

骊山绝望幸，花萼罢登临。

春寒赐浴华清池，温泉水滑洗凝脂。

骊山

华清池

第一辑：长安长安
——世界上曾经最繁华的地方

大明宫

丹凤门

xī shǔ yīng táo yě zì hóng　　yě rén xiāng zèng mǎn yún lóng
西蜀樱桃也自红，野人相赠满筠笼。

shù huí xì xiě chóu réng pò　　wàn kē yún yuán yà xǔ tóng
数回细写愁仍破，万颗匀圆讶许同。

yì zuó cì zhān mén xià shěng　　tuì cháo qíng chū dà míng gōng
忆昨赐沾门下省，退朝擎出大明宫。

jīn pán yù zhù wú xiāo xī　　cǐ rì cháng xīn rèn zhuǎn péng
金盘玉箸无消息，此日尝新任转蓬。

——杜甫·《野人送朱樱》

大明宫遗址
博物馆

大明宫微缩复
原景观

太液池

夏天到了，蜀地的樱桃树结出了鲜红美丽的果实。村里的人们将这些果子装了满满一篮送给杜甫。杜甫小心地将这些樱桃从篮中移到盘中，生怕碰破了它们。看着这些樱桃，他回忆起自己任大唐左拾遗时，在大明宫内，皇上将一盘红红的樱桃赐给了他。那盘樱桃，和今天乡邻们所赠的一模一样。

　　在杜甫的《野人送朱樱》里，字字句句都充满了他对大明宫的思念。这也难怪，在唐代，大明宫几乎是所有文人的梦中圣殿。他们发自肺腑地歌颂它，渴望将自己的才华和满心抱负传递给宫殿上高高端坐的那个人——大唐皇帝。

　　长安，这个充满了传奇和荣耀的城市，自公元前11世纪周王朝第一次在这里建都起，有13个朝代的帝王以它为都城。然而很少有人知道，这里曾有过一座世界上规模最大的砖木结构宫殿群，它的面积相当于3个凡尔赛宫，3个紫禁城，12个克里姆林宫，13个卢浮宫，15个白金汉宫……这就是大唐帝国的皇宫——大明宫。

　　玄武门政变之后，大唐开国皇帝李渊退位，儿子李世民登上帝位。退位之后的李渊不问政事，对儿子也十分冷漠。他怨自己的儿子眼中只有权利和天下，怨他对亲人手足心狠和绝情。李世民面对父亲的冷漠，心里也很不是滋味。正当他一筹莫展时，一个叫马周的官员提议：在长安城内再为太上皇建造一处避暑行宫。

李世民听到这个建议后，当即就同意了，想着以后父亲每年夏天再不用兴师动众地出城避暑了，这座新的行宫或许能让他老人家的身体和心情都好起来。

于是，公元 634 年的春天，李世民命人在长安城的东北方向开始修建大明宫。可惜的是，李渊未等到宫殿竣工便与世长辞了。但大明宫却没有随着他的逝去而淡出人们的视线，反而因为其极佳的地理位置成为李唐王朝的政治权力中心。

曾有诗人这样解释"大明宫"三个字的含义：如日之升，则曰大明。它大度而不浮华，雄浑而不雕饰，更宛如一轮金光灿烂的太阳，照耀着大唐的天空。

世间万物有起就有伏，公元 755 年 12 月 16 日，安史之乱爆发，叛军占领了大唐都城。长安城中的宫殿被焚毁，大明宫被抢劫一空，一片狼藉。诗人杜甫曾亲眼看见长安城的陷落，他在一首名为《春望》的诗中，充满悲愤地写道：

guó pò shān hé zài　　chéng chūn cǎo mù shēn
国 破 山 河 在 ，　城 春 草 木 深 。
gǎn shí huā jiàn lèi　　hèn bié niǎo jīng xīn
感 时 花 溅 泪 ，　恨 别 鸟 惊 心 。

公元 758 年，唐军收复了长安，唐肃宗李亨回京，成为新一任大明宫的主人，朝廷礼仪制度逐渐恢复。当时的朝廷重臣贾至曾写下《早朝大明宫呈两省僚友》，描画了皇帝回宫后，百官上早朝的场景：

银烛朝天紫陌长，禁城春色晓苍苍。
千条弱柳垂青琐，百啭流莺绕建章。
剑佩声随玉墀步，衣冠身惹御炉香。
共沐恩波凤池上，朝朝染翰侍君王。

公元904年，朱温攻陷了长安，焚毁了大明宫。大唐盛世虽已远去，大明宫的盛名却依然流传在世间。

如今的大明宫，只存在于千百年前留存的诗歌之中："金阙晓钟开万户，玉阶仙仗拥千官""千官望长安，万国拜含元""九天阊阖开宫殿，万国衣冠拜冕旒"……这些气势磅礴的诗句，无一不在诉说着大明宫昔日的辉煌，但今天的含元殿、凌霄门和玄武门，也只剩下些断瓦残垣，留给人们怀念与想象。当你们踏进大明宫遗址公园时，看看是否能透过时光的背影，遥望那昔日的辉煌。

丹凤门

丹凤门是唐大明宫的正门，它的规制之高、规模之大均创都城门阙之最，被誉为"盛唐第一门"。丹凤门遗址位于西安市自强东路北，东西长74.5米、南北宽33米，共开五孔门道，门道各宽8.5米，与史籍中"凤门五开，十扇开闭"记载相符。

大明宫国家遗址公园丹凤门

📍 大明宫国家遗址公园
   太液池西池

📷 **太液池**

　　太液池位于大明宫内庭中心地区，是当时的皇家园林。大明宫分为前宫和后宫，后宫就是以太液池为中心布局的。整个太液池有东池和西池两部分，主池为西池，东西长 500 米，南北宽 320 米，面积约有 14 万平方米。

📷 大明宫微缩复原景观

　　微缩景观园区共1100座手工打造建筑，以1:15的比例还原了唐大明宫全盛时期的整个宫殿群。从复原景观看，大明宫的宫城呈不规则长方形，遗址范围相当于故宫总面积的3倍之多。

📷 大明宫遗址博物馆

　　博物馆位于大明宫国家遗址公园含元殿处，通过"千宫之宫、如日之升、万国来朝、守望辉煌"四个主题，用两百余件文物展品串起了大明宫从开始兴建到被焚毁的全过程。

慈恩寺

tǎ shì rú yǒng chū　　gū gāo sǒng tiān gōng
塔势如涌出，孤高耸天宫。

dēng lín chū shì jiè　　dèng dào pán xū kōng
登临出世界，磴道盘虚空。

tū wù yā shén zhōu　　zhēng róng rú guǐ gōng
突兀压神州，峥嵘如鬼工。

sì jiǎo ài bái rì　　qī céng mó cāng qióng
四角碍白日，七层摩苍穹。

xià kuī zhǐ gāo niǎo　　fǔ tīng wén jīng fēng
下窥指高鸟，俯听闻惊风。

lián shān ruò bō tāo　　bēn còu rú cháo dōng
连山若波涛，奔凑如朝东。

qīng huái jiā chí dào　　gōng guǎn hé líng lóng
青槐夹驰道，宫馆何玲珑。

qiū sè cóng xī lái　　cāng rán mǎn guān zhōng
秋色从西来，苍然满关中。

wǔ líng běi yuán shàng　　wàn gǔ qīng méng méng
五陵北原上，万古青濛濛。

jìng lǐ liǎo kě wù　　shèng yīn sù suǒ zōng
净理了可悟，胜因夙所宗。

shì jiāng guà guān qù　　jué dào zī wú qióng
誓将挂冠去，觉道资无穷。

——岑参·《与高适薛据同登慈恩寺浮图》

玄奘
三藏院

雁塔晨钟

大雁塔

008

这一天，天气晴好，诗人岑参和好友一起来到慈恩寺游玩。寺中有一座高耸的宝塔，名为大雁塔。宝塔宛如从平地中涌出一般，巍峨耸立，仿佛能直入云端，这种孤傲的气势让岑参的内心变得澎湃。当他登上塔顶，恍惚间觉得自己像是站立于尘世之上。他伸出双手，甚至想要触摸天空。从塔顶俯瞰大地，他看到远处连绵的山峰好像波涛一样，一座连着一座。塔下有一条天子所行的道路，苍青的松树分立于两旁，寺内的殿堂观宇精巧玲珑。岑参就这样沉浸在美景中，感受着悲凉的秋色，感悟着清静的佛理，忽然若有所悟，作出了这首《与高适薛据同登慈恩寺浮图》。

西安慈恩寺日落

岑参的这首诗虽然写得气势磅礴，但在无数描绘慈恩寺的诗词中，也只能算沧海一粟。毫不夸张地说，大唐王朝几乎所有著名诗人，都与慈恩寺结下了不解之缘。

当年的长安，是全国的佛教中心，而慈恩寺，是佛教中心的圣地。诗圣杜甫为它留下了"自非旷士怀，登兹翻百忧"的佳句；元稹也曾在诗里回忆了与朋友们"闲行曲江岸，便宿慈恩寺"的往事。就连唐高宗驾临慈恩寺，也要提笔将大慈恩寺的美景一一道来：

rì gōng kāi wàn rèn　　yuè diàn sǒng qiān xún
日宫开万仞，　月殿耸千寻。

huā gài fēi tuán yǐng　　fān hóng yè qǔ yīn
花盖飞团影，　幡虹曳曲阴。

qǐ xiá yáo lǒng zhàng　　cóng zhū xì wǎng lín
绮霞遥笼帐，　丛珠细网林。

liáo kuò yān yún biǎo　　chāo rán wù wài xīn
寥廓烟云表，　超然物外心。

虽然有这么多传世诗歌，但最让慈恩寺名声大显的，则是一位一直"活"在荧幕上、"活"在文学作品里的高僧——玄奘。

虽然中国古典名著《西游记》是吴承恩虚构的小说，但唐僧玄奘，的的确确是大唐帝国赫赫有名的高僧，连他不远万里去西天取经的经历，也是真实的。只不过，历史上的玄奘在西行的路上没有伙伴，身边除了尸骨亡灵、风沙黄土，陪伴他的只有一匹识途老马。这一路的艰险倒称得上是九九八十一难了，他曾五天五夜滴水未进，也曾遭遇过强盗、雪崩、追捕……最终他凭借自身毅力和信仰的力量，游历了 138 个国家，将佛经和佛国文化的精髓带回大唐，而那些经卷最后的"家"，正是慈恩寺。

最初，慈恩寺是太子时期的李治（唐高宗）为纪念母亲文德皇后所建造的。当玄奘取经回来后，唐太宗先安排他在长安弘福寺居住，后安排他在慈恩寺译经，还命人为他带回的佛经建了一座塔，塔的外观仿照了印度雁塔样式，这就是著名的大雁塔。玄奘法师在慈恩寺里度过了十余年，翻译了 1335 卷佛经，共计 130 余万字。慈恩寺也因此成为唐代长安的四大佛经译场之一。

慈恩寺大雁塔南广场玄奘法师雕像

如今，在慈恩寺的法堂里，还珍藏着一幅《玄奘负笈图》，图中的玄奘肩负取经背篓，足蹬麻鞋，一盏佛灯照亮了他的征程。

没有唐玄奘，慈恩寺或许只会在历史长河中昙花一现；没有唐玄奘，诗人们或许不会视慈恩寺为创作之源泉。慈恩寺因玄奘而永存，他的灵魂，赋予了它史诗般的生命。

大雁塔

　　唐朝时期，新科进士都会在大雁塔题名，于是便用"雁塔题名"来形容进士及第。一层塔壁上有许多唐代诗人登塔时有感而发的诗句。塔的二层供奉着"定塔之宝"释迦牟尼鎏金像。三层珍藏着玄奘带回的梵文《贝叶经》。四层塔室里安放着大雁塔模型和一乘佛宝——佛舍利……一共七层的大雁塔，每一层都有不同的传奇故事。

📍 慈恩寺大雁塔与释迦牟尼像

雁塔晨钟

　　除了大雁塔，西安市还有一座小雁塔，位于城南的荐福寺内。小雁塔旁的钟楼里悬挂着一口古钟，每日清晨，管理员都会定时敲钟，清亮的钟声从塔院深处传来，回响在西安古城的上空。钟声空灵，塔影秀丽，为清晨的古城平添了一番韵味。

📍 西安小雁塔晨钟楼

玄奘三藏院

　　慈恩寺内的玄奘三藏院是目前规模最大的玄奘纪念馆，院内由光明堂、般若殿、大遍觉堂三部分建筑组成。光明堂内展示了玄奘法师从出生、出家到西行取得真经的事迹；般若殿展示了玄奘法师取经归来后译经、传法的经历；大遍觉堂内供奉着玄奘法师的舍利和铜质坐像，四周墙面是玄奘生平相关的浮雕，一个个画面都传递着慈悲与坚毅的力量。

📍 慈恩寺玄奘三藏院内的浮雕

骊山

烽火台

lí shān jué wàng xìng　huā è bà dēng lín
骊山绝望幸，花萼罢登临。

dì xià wú cháo zhú　rén jiān yǒu cì jīn
地下无朝烛，人间有赐金。

dǐng hú lóng qù yuǎn　yín hǎi yàn fēi shēn
鼎湖龙去远，银海雁飞深。

wàn suì péng lái rì　cháng xuán jiù yǔ lín
万岁蓬莱日，长悬旧羽林。

——杜甫·《骊山》

骊山晚照

老君殿

这天，杜甫来到骊山，不禁触景生情，感叹物是人非。以往每年十月，唐明皇必定会带着杨贵妃去骊山的华清宫，而如今，明皇已长眠于地宫，那里已没有早朝时必点的蜡烛了，但他给臣下的赏赐却依然留在人间。

杜甫的这首《骊山》，虽未提及山上的一草一木，却字字句句都诉说着这座山上曾经发生的故事，让人不禁对骊山心驰神往。

宋代诗人陆游曾在睡梦中游遍了骊山美景，梦醒后依旧久久不能忘怀，于是写下了《夜梦游骊山》：

qín chǔ xiāng wàng wàn lǐ tiān　　qǐ zhī jīn xī sù wēn quán
秦楚相望万里天，岂知今夕宿温泉。
chuān yún shù yuè wú qióng hèn　　yī jiù chán yuán gǔ xiàn qián
穿云漱月无穷恨，依旧潺湲古县前。

骊山是秦岭北侧的一条支脉，东西绵延 20 余千米，最高海拔 1256 米，远望山势如同一匹骏马，故名骊山。其实在我国诸多名山中，骊山并非最雄伟的，也并非最秀丽的，但山上有一脉温泉常年喷涌，成为自西周起帝王们的游乐宝地。郭沫若先生的两句诗，恰好讲述了这样的历史——

lí shān yún shù yù cāng cāng　　lì jìn zhōu qín yǔ hàn táng

骊山云树郁苍苍，历尽周秦与汉唐。

yí mài wēn tāng liú rì yè　　jǐ póu huāng zhǒng yǎn huáng wáng

一脉温汤流日夜，几抔荒冢掩皇王。

📍 西安临潼秦岭骊山华清宫

　　关于骊山，还有个家喻户晓的"烽火戏诸侯"的故事。

　　相传，周幽王得到了一个有倾国之貌的美女——褒姒。但褒姒不爱笑，自从嫁给周幽王以来就从没给过周幽王一个笑脸。周幽王也不生气，宫中美女如云，却独独喜欢这个冷冰冰的褒姒。

为了博得美人一笑，周幽王可谓想尽了办法，但一点效果都没有。大臣虢石父为了讨好周幽王，便献上一计：借戏弄诸侯来娱乐美人。此时，周幽王已被褒姒迷得晕头转向，一听有办法能让美人开心，立即就答应了。

周幽王将褒姒带到了骊山，登上烽火台，亲手点燃了烽火，各路诸侯看到烽火信号后，以为王城被外敌入侵，纷纷调集兵马前来救援。褒姒看着烽火台下一脸茫然的诸侯们，竟然开心地笑了。

就这样，周幽王为了让美人时时绽放笑容，不顾大臣们的反对，一次次点燃烽火。

但人的容忍度是有限的，当各路诸侯怀着焦急的心情一次又一次来到烽火台前时，他们看见的并不是被敌人包围的景象，而是美人在怀、美酒在手、得意扬扬、一脸坏笑地看着他们的周幽王。

美人终于笑了。一笑倾城，再笑倾国，最终亡国。

不知道"狼来了"的故事是不是起源于此，周幽王惹怒了被再三戏弄的各路诸侯。当外敌真的入侵时，烽火台的火光映红了整个天空，而王城的四周，却只有稀稀拉拉几支前来救援的军队。

骊山，见证了西周的灭亡、秦始皇的奢靡与浮华，汉武帝刘彻也对它无比青睐，在此修建了离宫。到了唐代，唐明皇和杨贵妃的故事更使它天下皆知，盛名流传千年。

千年的岁月，为骊山留下了宝贵的、不可替代的财富。不到骊山，你便不能身临其境，不能理解秦皇汉武对它的执着。不到骊山，我们便无法真切感受岁月轮回之间，在此究竟发生了多少惊天动地，乃至改天换地的故事。

📍骊山烽火台

📷 烽火台

　　骊山国家森林公园里有一座西周时期所建的烽火台，也是"烽火戏诸侯"事件的发生地。烽火台是周王朝为防御外敌侵犯而修筑的报警设施，当有外敌来犯时，守卫烽火台的士兵们会在白天烧狼粪，以烟为信号，来传递警报。人们形容战争说"狼烟四起"就源于此。晚间，则烧干柴，以火光为信号。

老君殿

　　老君殿始建于唐朝，位于骊山西绣岭第三峰上。相传唐玄宗在这里曾经两次遇见了太上老君降世。殿内原本供奉的白玉老君像，是唐代西域著名雕像家元迦儿的杰作。玉像造型逼真，刀法简练，现被珍藏于陕西省博物馆。

📍骊山老君殿

骊山晚照

　　晚照亭位于老君殿的东边，取骊山晚照之意，建于 1981 年。站在晚照亭北侧，可鸟瞰华清池、东花园、临潼全景和渭河。当夕阳西下时，站在晚照亭看骊山，就似一匹青色的骏马披上迷人的金纱，流光溢彩，妩媚动人。

📍"关中八景"之一骊山晚照

华清池

chūn hán cì yù huá qīng chí　　wēn quán shuǐ huá xǐ níng zhī
春寒赐浴华清池，温泉水滑洗凝脂。

shì ér fú qǐ jiāo wú lì　　shǐ shì xīn chéng ēn zé shí
侍儿扶起娇无力，始是新承恩泽时。

yún bìn huā yán jīn bù yáo　　fú róng zhàng nuǎn dù chūn xiāo
云鬓花颜金步摇，芙蓉帐暖度春宵。

chūn xiāo kǔ duǎn rì gāo qǐ　　cóng cǐ jūn wáng bù zǎo cháo
春宵苦短日高起，从此君王不早朝。

——白居易·《长恨歌》（节选）

九龙湖

秦始皇兵马俑
博物馆

海棠汤

乍暖还寒时，唐明皇带着爱妃杨玉环来到了华清池。华清池的温泉水温暖柔滑，洗净了贵妃娘娘如凝脂一般的肌肤。

作《长恨歌》时，白居易正与友人在仙游寺游玩，忽然有感于唐明皇与杨贵妃的爱情，创作出这首长篇的叙事诗，诗里用叙事和抒情相结合的手法，讲述了唐明皇和杨贵妃在安史之乱前后的爱情悲剧。而华清池，也因这首诗而闻名于世，有了"天下第一御泉"的美称。

📍 骊山华清宫芙蓉殿

华清池又名华清宫，位于西安市临潼区，是全国第一批重点风景名胜区。华清池的温泉水温常年保持在 43℃，水质纯净，细腻柔滑，水中含有十多种矿物质，据说对人体有益，于是吸引了历代帝王沐浴游幸。它有过许多动听的名字：骊宫、汤泉宫、温泉宫……但恐怕没有一个名字比"华清宫"更令人耳熟能详，更令人记忆犹新了吧。

华清池，因杨贵妃之名流传千年，但杨贵妃，却死在了马嵬坡前。

读罢《长恨歌》，许多人都说，华清池最吸引人的不是景，而是情，是唐明皇对杨贵妃的一片痴情和满满宠溺，是一个帝王肯舍下身段、放弃尊严，以常人之情去追求、呵护他所钟爱的女人。

但，果真如此吗？

其实《长恨歌》说的不是爱，白居易想要表达的不过是唐明皇的一见钟情罢了。唐明皇并不懂爱，若是他知道如何爱，又怎会让自己的爱人落得任人非议、群起而攻之的地步；若是他真有情，又岂会眼睁睁看着心爱之人被绞死在眼前，却只能凭空落泪，无力挽救。

真正的爱不是绝对拥有，不是无限制地宠溺，更不是"用我的宽容，将你惯坏"。不会爱的人，爱也会变成一种利器，伤害周围爱他的人。爱不是我们人生的全部，还有许多重要的、有趣的、有意义的事情等待我们去经历。

唐代诗人杜牧曾写下《过华清宫绝句三首》来讽刺唐明皇那荒唐的爱，其中最著名的一首写道：

cháng ān huí wàng xiù chéng duī　　shān dǐng qiān mén cì dì kāi

长 安 回 望 绣 成 堆， 山 顶 千 门 次 第 开。

yī qí hóng chén fēi zǐ xiào　　wú rén zhī shì lì zhī lái

一 骑 红 尘 妃 子 笑， 无 人 知 是 荔 枝 来。

　　"一骑红尘妃子笑，无人知是荔枝来。"这疾驰而过的驿马奔跑的目的地，正是华清宫。这一筐筐妃子笑的主人，正是华清宫里的杨贵妃。

　　华清池或许是悲剧开始的地方，但这丝毫不影响它的美。今天，出现在我们眼前的华清池依然是一片清幽美景。

📍 华清宫九龙桥

📷 九龙湖

　　1959 年修建的九龙湖分为上下两个湖，中间有一条长堤横贯。环湖建有龙吟榭、晨曦亭、晚霞亭等仿唐建筑。其中在龙吟榭下方有一个大龙头，龙口处常年泉水淙淙；九龙桥上雕有八个龙头，与龙吟榭的大龙头加一起正好是九龙，因此以九龙命名。

海棠汤

　　华清池共有五个温泉汤池，最有名的当数杨贵妃的专用汤池——海棠汤。池子好似一朵盛开的海棠花，石头上刻着代表贵妃的"杨"字。在汤池底部有一个进水口，出土的时候那里连着一个莲花形状的喷头。想当年，温泉水从莲花里喷薄而出，水雾四起，再撒上些花瓣，真是极致的享受呢。

📍华清池海棠汤

秦始皇兵马俑博物馆

位于骊山脚下的秦始皇兵马俑博物馆是秦始皇陵园中的一处大型从葬坑，1979 年在原址上建立的遗址博物馆正式开馆。博物馆共有三个兵马俑坑，出土了数以万计的纯手工彩绘陶俑，而在陶俑身上留下的一枚工匠指纹，让我们有幸与两千多年前的古人来了一次跨时空对话。

📍 二号坑出土的鞍马骑兵俑

📍 秦始皇兵马俑博物馆一号坑内的兵马俑

终南山

太乙池

tài yǐ jìn tiān dū   lián shān dào hǎi yú
太乙近天都，连山到海隅。

bái yún huí wàng hé   qīng ǎi rù kàn wú
白云回望合，青霭入看无。

fēn yě zhōng fēng biàn   yīn qíng zhòng hè shū
分野中峰变，阴晴众壑殊。

yù tóu rén chù sù   gé shuǐ wèn qiáo fū
欲投人处宿，隔水问樵夫。

——王维·《终南山》

重阳宫

楼观台

天气晴好，唐朝大诗人王维来到长安市郊的终南山游乐踏青，壮观的景色令他神清气爽。终南山巍峨挺拔，太乙峰都快要耸入仙界了，白云在山顶缭绕，雾霭在山间弥漫。抬头仰望，终南山的主峰将山的东西两侧隔开，各山间山谷景色迥异。王维走进山中，看到小溪对面有个樵夫，便向他打听哪里有可以投宿的地方。

　　王维的这首《终南山》，用只言片语，将终南山的气势和精髓尽数道来，称得上是描写终南山佳句中的 NO.1!

　　终南山是秦岭山脉的一段，西起陕西眉县，东至西安市蓝田县，千峰叠翠，景色优美，有"仙都""洞天之冠"和"天下第一福地"的美称，是历代诗人心中高高在上的"梦中情山"。

　　唐代诗人李白就曾在《望终南山寄紫阁隐者》一诗中赞美了终南山的秀色：

chū mén jiàn nán shān　　yǐn lǐng yì wú xiàn
出门见南山，　引领意无限。
xiù sè nán wéi míng　　cāng cuì rì zài yǎn
秀色难为名，　苍翠日在眼。
yǒu shí bái yún qǐ　　tiān jì zì shū juǎn
有时白云起，　天际自舒卷。
xīn zhōng yǔ zhī rán　　tuō xīng měi bù qiǎn
心中与之然，　托兴每不浅。
hé dāng zào yōu rén　　miè jì qī jué yǎn
何当造幽人，　灭迹栖绝巘。

还有唐代诗人高蟾，也曾感慨于终南山的宁静，写下了"唯有终南寂无事，寒光不入帝乡尘"。

　　终南山在诗人的心中，似乎成了"隐居"的首选之地，有不少文人，在文学成就达到一定高度的时候，就开始盼着远离喧嚣的尘世，到一个隐匿、幽静的世外桃源安然修身养性，于是中国诗歌的发祥地之一的终南山，从先秦时起就成了诗人墨客心中的圣山。中国历史上的不少名人都曾做过"终南隐士"，相传西周的开国元勋姜子牙，入世前就曾在终南山的磻溪谷中隐居呢。

📍 西安终南山灵应台

　　对了，大家知道《神雕侠侣》里杨过和小龙女的故事吧？还记得那个神秘的古墓派吗？来到终南山，你会发现，这一切未必都只是金庸先生的神奇想象，王重阳、丘处机、重阳宫和活死人墓，居然是真真切切存在于此的。

终南山，是唐人心目中非凡的山峰，是秦岭最富有神秘气息的圣山，更是艺术家梦中不可多得的艺术源泉。来到西安，又怎能错过这座曾令无数文人心驰神往的名山呢？

📷 太乙池

太乙池又称翠华山天池，这处山间湖泊据说是唐天宝年间一次地震造成的，池面碧波荡漾，四周高峰环抱，如果划船于池上，就可以尽情欣赏这迷人的山光水影了。天池西侧有风洞，高 15 米，深 40 米，洞内清风习习，清爽宜人。风洞的北侧是冰洞，即便是在盛夏，洞中依然寒气逼人。

📍 翠华山天池

📍 周至县楼观台景区的老子铜像

楼观台又称"说经台",位于终南山北麓。楼观台建在海拔 580 米的山岗上,可以观星望气,静思至道。相传,老子云游至此,受尹喜之邀,仅用几天时间就创作出了五千多字的《道德经》。传说楼观台就是当年老子讲经之处。

📍 周至县雪中的楼观台景区

重阳宫

位于西安市区西南 40 千米处，是全真教创始人王重阳修真悟道和归葬的地方。元代是重阳宫的鼎盛时期，据说那时这里的建筑多达 5000 余间，有道士上万人。

最让人意想不到的是，这里还真有活死人墓！据记载，王重阳曾经在地下修炼两年，还特意写了《活死人墓赠宁伯公》的诗来描述这种修炼方法。如今古墓前的石碑上还留着"活死人墓"四个字。据当地专家说，以前曾打开过墓道，里面确实有深不见底的地下室。现在为了安全起见，用土封住了。

西安市祖庵街道重阳宫财神殿

宝鸡

岐雍三秦地，
登临实壮哉！

清渭楼

汉中

山月临窗近，
天河入户低。

半空分太华,
极目是长安。

渭南

荆山已去华山来,
日出潼关四扇开。

潼关

咸阳宫阙郁嵯峨,
六国楼台艳绮罗。

咸阳

第二辑：寻秦之旅
——千年城阙,唯我三秦

咸阳

清渭楼

xián yáng gōng què yù cuó é　　liù guó lóu tái yàn qǐ luó
咸 阳 宫 阙 郁 嵯 峨 , 六 国 楼 台 艳 绮 罗 。

zì shì dāng shí tiān dì zuì　　bù guān qín dì yǒu shān hé
自 是 当 时 天 帝 醉 , 不 关 秦 地 有 山 河 。

——李商隐·《咸阳》

乾陵

秦咸阳城
遗址

大佛寺
石窟

秦都咸阳有许多秦始皇仿六国样式所造的宫室，宫殿门阙、亭台楼阁到处都彰显着庄重威严。宫室里还居住着来自六国的绝色佳丽，显现出大秦帝国的强盛繁华。可惜秦朝灭亡后，那些宏伟壮丽宫室被项羽一把大火烧毁了。所以李商隐才在诗中认为：秦能统一天下，只因为当初天帝喝醉了，并不是秦地的山河多么险固。

关于"天帝醉"这个词，还有个神奇的传说呢。据说，秦穆公有一次突然长睡不醒，过了很久才突然苏醒，醒来后对身边的人说，他在梦中觐见了天帝，天帝非常高兴，不但让他欣赏了仙乐，还请他饮酒，并且天帝在酒醉未醒之时，把秦地赐给了他。所以也有人说秦朝是因为获得天帝赏赐才能统一天下的。

秦始皇统一全国后，咸阳成为全国政治、经济、交通和文化中心。虽然咸阳以"秦都""帝陵""明城"闻名于世，但事实上，这座城市的历史可不仅仅是从它作为帝都开始的哦。

咸阳已经有2300多年的建城史，建于夏朝。公元前350年，秦孝公迁都于此，历经五代秦王。公元前221年，秦始皇统一全国，直到秦王朝灭亡，咸阳作为秦王朝的都城达144年之久。

其实，早在上古时期，我们的祖先就在这块土地上繁衍生息了。华夏上下

5000 年的历史，都能在咸阳找到不可磨灭的痕迹。咸阳城内的每一块城砖都见证过历史的变迁，咸阳古村里的每一棵老槐树都散发着历史的芳香。曾有人这样形容它：西安城的瓦，明长城的砖，都不及咸阳郊外的一捧土。

咸阳市清渭楼日落

咸阳，作为中国历史上第一个封建统一集权国家的都城，以它深厚的历史底蕴，吸引了历代文人墨客的目光，给古老的咸阳留下了千年的咏叹、不朽的诗篇。

唐代诗人温庭筠曾在咸阳桥上遇雨，被美景引发诗意，写下了美妙佳句：

即使到了汉代，咸阳依旧被帝王视为风水宝地，西汉的 11 个皇帝，有 9 个葬在咸阳。为了守护这些帝陵，官府当时还从全国各地迁徙富豪大家，在皇陵周围设置邑县，所以，汉代咸阳城的繁华程度完全不输秦朝呢。

几百年后，朝代更迭，咸阳的繁华也逐渐落幕，李白在《忆秦娥》中感叹："音尘绝，西风残照，汉家陵阙。"说的是在通往咸阳的古道上，早已不是当年的车水马龙、尘土飞扬，西风轻拂着夕阳的光照，眼前是汉朝留下的陵墓和宫阙。

踏上咸阳这一秦宫之地，秦始皇、项羽、刘邦等历史枭雄仿佛一个个迎面走来。历史传奇创造了太多的空幻迷离，厚重的典籍压得我们几乎窒息。这不禁令后人叩问：厚土之下，究竟谁是英雄？

乾陵

位于陕西省乾县北部的梁山上。乾陵里葬着两位皇帝，而且这两位皇帝还是夫妻呢，他们就是唐高宗李治和中国历史上唯一的女皇帝武则天。

建造乾陵的时候，唐朝正值国力强盛时期，因此陵园规模宏大。陵园的建筑群与雕刻群结合，参差地分布于山峦之上，气势雄伟。

陕西省乾县乾陵景区

乾陵景区六十一蕃臣像

大佛寺石窟

　　大佛寺石窟是唐太宗李世民为纪念在浅水原大战与五龙阪大战中阵亡的将士而建的。大佛寺石窟依山而凿，在一面 400 米长的山崖上，共开凿了 130 多个石窟，细细数来，一共有 1980 余尊佛像，堪称"关中第一奇观"。

大佛寺千佛洞

秦咸阳城遗址

　　秦咸阳城遗址位于咸阳市内，是战国后期至秦朝的都城遗址，现存面积约 20 平方千米。秦咸阳城遗址主要由宫城、外围宫殿区、手工业作坊区、墓葬区等部分组成。其中一处宫殿基址发现有卧室、盥洗室、沐浴室等，室内墙上还绘有精美的壁画。从这里出土的铁器、陶器等，是研究古都咸阳的珍贵资料。

秦咸阳城一号宫殿出土的龙纹空心砖

渭 南

仓颉庙

近甸名偏著，登城景又宽。
jìn diàn míng piān zhù　dēng chéng jǐng yòu kuān

半空分太华，极目是长安。
bàn kōng fēn tài huá　jí mù shì cháng ān

雪助河流涨，人耕烧色残。
xuě zhù hé liú zhǎng　rén gēng shāo sè cán

闲来时甚少，欲下重凭栏。
xián lái shí shèn shǎo　yù xià chóng píng lán

——许棠·《登渭南县楼》

华山
风景名胜区

西岳庙

司马迁墓

渭南地处京畿之地，这天作者登上了渭南县城的城楼，没想到眼前的景色比想象的还要壮阔。可以清晰地看到远处的华山因为云的遮挡悬在半空中，长安城就在视线的尽头。冰雪融化，令渭河水位上涨，田地里有星星点点的红光，那是耕作的人正在烧野草。作者刚要下楼离开，想到自己平日里像这样闲暇的时间甚少，于是又重新扶住栏杆远眺。

渭南这个地方，或许大家不常听说，但它可不是什么默默无名的小地方，据考证，"华夏"这个词就源于渭南。"华"即华山，所处的华阴市归渭南管辖；"夏"即夏阳，也归渭南管辖。因此渭南也有着"华夏之根"的美誉。

渭南的历史可以追溯到距今 20 万年以前。那时候的大荔人就已在这里繁衍生息，刀耕火种。仓颉、杜康、

华山

司马迁、杨震、隋炀帝、寇准、郭子仪、白居易、王鼎、王杰、杨虎城等令人耳熟能详的名字，也都在渭南名留青史。

我们都知道汉字是仓颉创造的，那你们知道汉字最初就是在渭南被创造出来的吗？

相传仓颉在黄帝手下当官，黄帝派他专门管理牲口的数目、食物的多少。慢慢地，牲口、食物的数量经常不断变化，光凭脑袋完全无法记住。仓颉犯难了，他整日整夜地想办法，先是在绳子上打结计数，又想到在绳子上挂各式各样的贝壳用来代表不同的事物。

能力越大责任越大，于是黄帝让他管理的事情越来越多。凭着添绳子、挂贝壳已经记不住所有的内容了，仓颉又犯愁了，究竟怎么才能既容易记住事情又不出差错呢？

一天，仓颉参加集体狩猎，走到一个三岔路口时，看见几个老人正在为该往哪条路走争执不休。一个老人坚持要往东，说有羚羊；一个老人要往北，说前面不远处有鹿群；一个老人要往西，说那边有两只老虎，不及时打死就会错过机会。

仓颉上前询问，原来他们都是看着地面野兽的脚印做出的判断。他心中猛然一喜——既然一个脚印代表一种野兽，我为什么不能用一种符号来表示我所管的东西呢？想到这儿，他高兴地奔回家，开始创造各种符号来表示事物。果然，靠着这个办法，仓颉把事情管理得井井有条。

黄帝知道后，对仓颉大加赞赏，请仓颉到各个部落去传授方法。就这样，符号的用法被推广开了，最终形成了文字。

故事讲完了，尽管这个故事的真实性有待考证，但故事里的主人公仓颉确实有一座庙正在渭南。

一座城市，它最吸引人的，并不在于风景有多美，而是人们在别处无法遇见的城市之魂。这一切的魅力都来自这座城市的气度、这座城市的传说，以及在这座城市的大街小巷里流传了百年、千年，甚至是万年的故事。渭南，它并不繁华，也并不耀眼，但若是论及传说，它一定不会辜负你的期望。

📷 仓颉庙

仓颉庙位于渭南市白水县，据说仓颉去世后，当地百姓为了纪念他，就在他的墓葬处修建庙宇。庙内的建筑庄重古朴，中间的主体建筑有大殿和仓颉墓。庙宇的两侧建筑分布着戏楼、钟楼，殿厅内有彩绘壁画，色彩斑驳，有着浓浓的古韵。

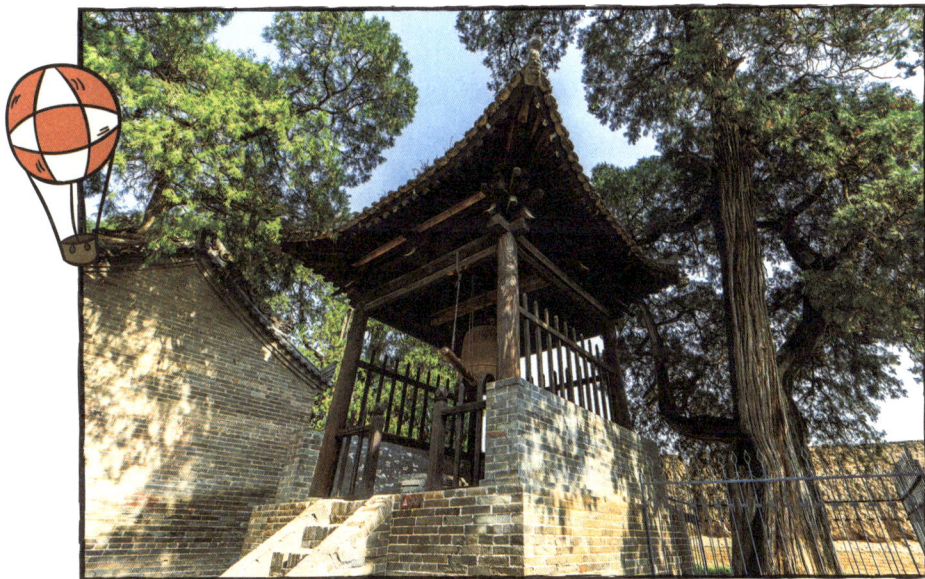

📍 仓颉庙内的钟楼与古树

司马迁墓

　　司马迁是西汉夏阳人，司马迁墓是宋元时期人们为纪念他建造的衣冠冢。墓体用砖石砌成圆形穹顶，顶上植有古柏，古柏树枝遒劲，浓密青翠。墓园中还建有寝宫、享堂和配殿，四周筑成的高墙让这里远远看上去仿佛一座城堡，雄伟壮观。

📍 渭南韩城市司马迁墓

西岳庙

📍 西岳庙

　　是供奉西岳大帝华山神的庙宇，庙门正对着华山。自汉武帝时期起，就是历代帝王祭祀华山神少昊的场所。整个建筑呈前低后高的格局，气势宏伟，登楼望华山，五峰尽收眼底。

华山风景名胜区

　　"五岳"之一的"西岳"华山位于渭南市下属的华阴市，一直以奇险著称。在南天门外有一条"长空栈道"，是沿着崖壁凿出的一条狭窄栈道，游人需要贴着崖壁，慢慢横向移动，可谓是体力和心理的双重考验。

　　华山还有著名的"千尺幢"，370多级的台阶呈70度，几乎快要垂直了，并且只能容两个人通过，被称为华山第一险境。

📍 华山长空栈道

📍 华山千尺幢

潼关

潼关古城

jīng shān yǐ qù huà shān lái　rì chū tóng guān sì shàn kāi
荆山已去华山来，日出潼关四扇开。
cì shǐ mò cí yíng hòu yuǎn　xiàng gōng qīn pò cài zhōu huí
刺史莫辞迎候远，相公亲破蔡州回。

——韩愈·《次潼关先寄张十二阁老使君》

秦岭

潼关黄河
古渡口

军旗猎猎，鼓角齐鸣，大军已经浩浩荡荡地辞别了河南境内的荆山，即将到达潼关。巍峨耸峙的潼关在阳光下焕发着光彩，此刻四扇山门大开，就好像由狭窄的险隘变为庄严宏伟的"凯旋门"一样。

这首诗是韩愈随着唐军的部队凯旋，在即将抵达潼关时，看着浩浩荡荡的部队，突然文思泉涌，以此抒发胜利豪情。诗中虽未直接写景，但潼关的险峻耸峙、一望无际，在韩愈的诗句中，跃然纸上，气势宏大地展现在我们眼前，真是令人心潮澎湃。

东汉末年时，潼关关城就已经建立，它南依秦岭，北临黄河，筑城立关，倚仗天险，形成千年不破的关隘。正因如此，潼关成为进入秦地皇城的重要隘口，潼关不破，长安无碍。而当年唐朝大将哥舒翰，也正是因为丢失了潼关，才导致叛军攻入长安，以至于唐明皇不得不带着杨贵妃匆匆逃离长安，暂避蜀地。

关于潼关最著名的典故，莫过于"马超刺槐"。在潼关县境内有一棵槐树，名叫"马超槐"，又称"马超刺槐"。

相传三国时期，凉州镇守马腾因参与刘备和董承等人暗杀曹操的计划得罪曹操，被曹操杀死。马超听说之后，雷霆大怒，发誓一定要杀死曹操，为父报仇。

公元 211 年，马超同曹操激战于潼关，曹军大败。为了保命，曹操不得不舍弃部队，只带着几个亲兵逃离战场。马超报仇心切，便带着部队一路穷追不舍。马超在后面一边追一边喊："那个长须的就是曹操，不要让他跑了！"曹操一听，

赶紧割掉了自己的胡须。马超接着又在后面叫道："前面穿红袍的就是曹操！"曹操只好又将长袍脱掉抛在路边，继续逃命。

正在曹操奔走之时，突然觉得背后风声虎虎，回头一看，正是马超，他顿时吓得惊恐万分。而曹操的亲兵都只顾着自己逃命，完全不顾曹操的死活。这时，马超厉声大叫："曹贼，你跑不了！"

一听此声，曹操吓得连马鞭都掉到了地上。失去马鞭，马儿就跑得更慢了，瞧见路边有一棵大槐树，曹操干脆下马，奔向槐树躲避追击。曹操绕树而走，马超盯着他的后心，举矛猛刺，不料却刺中了那棵大槐树，等他拔出长矛时，曹操已经逃远了。后来，当地人就把这棵树命名为"马超刺槐"。

潼关，与早已埋没于沙砾之中的玉门关、阳关不同，自汉至今，历经千年，作为关中的东大门，经历过大小战役数十次，从未懈怠，直到退役的那一天，它的风采依然壮丽宏伟。

渭南市潼关县潼关古城

清代诗人、书画家张船山的《潼关》一诗中，描写了潼关的自然风光和当地人们的日常状态：

shí píng róng yì dù xióng guān　pāi mǎ hé tóng zì wǎng huán
时 平 容 易 度 雄 关，拍 马 河 潼 自 往 还。
yì qǔ xūn huáng guā wàn shuǐ　shù fēng cāng cuì huà yīn shān
一 曲 熏 黄 瓜 蔓 水，数 峰 苍 翠 华 阴 山。
dēng pí zhù bǎn dīng nán zhuàng　hū jiǔ pēng yáng shǒu lì xián
登 陴 筑 版 丁 男 壮，呼 酒 烹 羊 守 吏 闲。
zuì shì lǜ yáng xié yǎn chù　hóng shān qīng lì huà tú jiān
最 是 绿 杨 斜 掩 处，红 衫 青 笠 画 图 间。

据说，在 40 多年前，潼关老县城的北墙紧靠着黄河，南城墙则建在山上，而且远远地伸到了山顶上，宽宽的石墙有 12 个垛子，当地人把那称作十二连城。

潼关县城四面高高的城门楼和西安城的一模一样，每到晚上，城门一关，里面的人出不去，外面的人进不来。城外，南面有山，北面有水，东西相连的道路被城门堵死。正因为潼关占据了东西交通的咽喉之地，所以它的所在地成为关中地区最有战略意义的县城。

本来，潼关可以安静地矗立在黄河之滨，默默地任由岁月将它的一切痕迹抹去，逐渐被山藤覆盖。但世事难料，修建三门峡水库时，潼关被无情的黄河之水淹没，再也不复存在于世间，留给我们的，只有数道城墙遗迹，还有静静守护在它身边的巍峨壮丽的秦岭。

📷 潼关古城

潼关古城位于潼关县港口镇，是唐朝至明朝时期的古遗址。明清时期的潼关古城，除城墙上的宏大建筑外，在城内外还建有 30 多处庵堂寺庙以及木石牌坊，雕梁画栋，构筑精美。如今古城遗址被黄河水冲毁，仅留其残存遗迹，让我们依稀窥见曾经的繁华。

📍 潼关古城遗址

📍 潼关三河口落日（黄河、渭河、洛河交汇处）

📷 潼关黄河古渡口

潼关黄河古渡口早在商汤时期就有了，当年周穆王、曹操、慈禧太后等人都是从这里渡过黄河，或征战，或游历，或逃跑……今天，一切的故事与传说，化作了岸边摇曳的红柳，茂密的芦苇，似醒微醉的沙滩和几只白鹭，给游人留下了无限想象的空间。

📍 秦岭云海

📷 秦岭

　　秦岭位于潼关的南面，一直以来被称为华夏文明的龙脉。一道秦岭将我国的南北分隔开来，夏季，阻挡了潮湿的海洋气流进入北方；冬季，又阻挡了寒潮南下。

　　每当雨雪前后，秦岭的景象更为佳妙，峰峦中游云片片，若飘若定，悠然而来，倏然而去，千姿百态，变化无穷。

宝鸡

法门寺

qí yōng sān qín dì　　dēng lín shí zhuàng zāi
岐雍三秦地，登临实壮哉！

kè xīn guān wài duàn　　qiū qì lǒng tóu lái
客心关外断，秋气陇头来。

guī mù fú yún bì　　hán yī zǎo yàn cuī
归目浮云蔽，寒衣早雁催。

tā xiāng yǒu shí jú　　liú shǎng gù rén bēi
他乡有时菊，留赏故人杯。

——皇甫斌·《登岐州城楼》

岐山
臊子面

五丈原
诸葛亮庙

在一个初秋，作者登上了岐州的城楼，广阔的秦地在他眼前展开，真是太壮丽了。游子的心停驻在这关外之地，秋风扑面而来。远处的浮云遮蔽了视线，早早南飞的归雁似乎在提醒作者早置寒衣。在这他乡也有故乡一样的秋菊啊，想留下来喝酒赏花，思念故人。

宝鸡古称雍城、西岐等，有着 3200 年的建城史，比西安、咸阳都还要早一百多年呢。炎帝在这里开启农耕文明，姜太公在这里钓鱼，周公在这里创作《周礼》，燕伋在这里尊师重道，刘邦纳韩信之计在这里暗度陈仓……

周朝时，这里叫作西岐，"凤鸣岐山"的典故就发生在这里的凤凰山上。

传说，在武王伐纣时期，大军即将启程，周武王带领文武百

宝鸡市岐山县周公庙

官来到祭祀之地，就在这时，突然有凤凰飞到了对面的岐山上，鸣叫不已。这给武王和军队带来了极大的鼓舞，有了这个祥瑞，他们更加确信自己可以推翻商纣王残暴的统治。果然，武王军队大获全胜，商朝被推翻，周朝从此建立。

或许正是源于这个传说，唐朝时期又有了"凤翔"这个名字。凤翔是凤文化的发祥地，自然有好多关于凤凰神鸟的传说。

相传，秦穆公的女儿弄玉长得非常漂亮，很喜欢音乐，是一个吹箫高手。因此，她住的凤楼中，常会传出美妙的箫声。

一天晚上，她像往常一样独坐凤楼，对着满天的星星吹箫。夜里静悄悄的，隐约中，弄玉觉得自己并不是在独奏。因为，星空中似乎也传来一缕箫声，正与自己合鸣。

后来，弄玉回房睡觉，做了一个梦。梦中，一个英俊少年，吹着箫，骑着一只彩凤翩翩飞来。少年对弄玉说："我叫萧史，住在华山。我很喜欢吹箫，听到你的箫声，特地来这里和你交个朋友。"说完，他就开始吹箫，箫声优美，弄玉于是也拿出箫合奏。他们吹了一曲又一曲，非常开心。

多么甜美的梦呀！

弄玉醒来后，不禁一再回想梦中的情景，对那位俊美少年再也不能忘怀。

秦穆公知道女儿的心事后，就派人到华山去寻找这位梦中人。没想到还真找到一位名叫萧史的少年，而且他也如梦中一般真的会吹箫。两个人相见时，弄玉惊讶，萧史就是她梦里的少年啊。

萧史和弄玉结婚后，非常恩爱，两人经常一起合奏，人们在山林溪边时时可以听到他们的合奏。

秦国的少男少女们被这种浪漫感染，也开始喜爱音乐歌舞。这种现象让一些官员非常担忧，怕社会风气因此变坏，所以他们不断向秦穆公反映。

萧史和弄玉为了不为难父王，也为了逃避这些烦人的闲话，于是选择不告而别，躲到了一个别人再也找不到的地方。

后来，民间为他们的消失编了一段美丽的神话，说在他们夫妇正在合奏时，忽然天外飞来一条龙和一只凤，载着他们一路吹箫，飞到华山明星崖。为了纪念萧史和弄玉，后人在此修建了引凤亭，在山峰上修建了玉女祠。

这段美丽浪漫的传说，还出现在清代李渔的《笠翁对韵》中：

hè wǔ lóu tóu　　yù dí nòng cán xiān zǐ yuè
鹤舞楼头，玉笛弄残仙子月；

fèng xiáng tái shàng　　zǐ xiāo chuī duàn měi rén fēng
凤翔台上，紫箫吹断美人风。

kuà fèng dēng tái　　xiāo sǎ xiān jī qín nòng yù
跨凤登台，潇洒仙姬秦弄玉；

zhǎn shé dāng dào　　yīng xióng tiān zǐ hàn liú bāng
斩蛇当道，英雄天子汉刘邦。

在这片古老的土地上，不仅有不凡的传说，还有许多实实在在的历史印记——从这里出土了刻有"宅兹中国"的青铜器何尊、精美华丽的酒器折觥、铸有飞龙和凤鸟的青铜乐器秦公镈，还有闻名于世的大盂鼎、虢季子白盘等国之重器相继出土，宝鸡因此又有了"青铜器之乡"的美名。

📷 法门寺

　　法门寺又名"真身宝塔"，位于宝鸡市扶风县。法门寺地宫是迄今为止最大的塔下地宫，出土了世界上独一无二的释迦牟尼佛指骨舍利、八重宝函、银花双轮十二环锡杖等至高佛教宝物，还有国宝级的秘色瓷器、鎏金浮屠、玳瑁币……2000多件的大唐珍宝跨越千年，为你缓缓展开一幅大唐盛世画卷。

📍 宝鸡市扶风县法门寺

鎏金双蜂团花纹银香囊

八棱净水秘色瓷瓶

鎏金如来说法盝顶银宝函

📷 五丈原诸葛亮庙

五丈原风景区位于宝鸡市岐山县内。三国时期，诸葛亮带军队在这里与司马懿对阵，后因积劳成疾，病死于五丈原，五丈原由此闻名于世。

诸葛亮庙雄伟壮观，进入金碧辉煌的山门，依次是高大的献殿、正殿、八卦亭。屋檐的脊兽千姿百态，墙壁的彩绘绚丽夺目。

📍 宝鸡市岐山县五丈原诸葛亮庙

📷 岐山臊子面

说到了岐山，就不得不提臊子面啦。臊子面是我国北方的特色传统面食之一，以宝鸡的岐山臊子面最为正宗。一说臊子面源于周代，吃面前要先敬神灵祖灵，剩下的才轮到君卿，最后才是普通人。如今在岐山，若是遇到个红白喜事，第一碗臊子面先不上席，需要先泼汤祭祀天神地祇和祖灵牌位，然后才能上。臊子面已是岐山和关中一带招待客人的便饭，像迎娶、庆生、祝寿等重要场合，餐桌上依然缺不了臊子面呢。

📍 岐山臊子面

汉中

定军山

dú yóu qiān lǐ wài　　gāo wò qī pán xī
独游千里外，高卧七盘西。

shān yuè lín chuāng jìn　　tiān hé rù hù dī
山月临窗近，天河入户低。

fāng chūn píng zhòng lǜ　　qīng yè zǐ guī tí
芳春平仲绿，清夜子规啼。

fú kè kōng liú tīng　　bāo chéng wén shǔ jī
浮客空留听，褒城闻曙鸡。

——沈佺期·《夜宿七盘岭》

张良庙

褒斜道

夜晚，唐朝诗人沈佺期独自走在七盘岭上，他已离开关中，前往蜀地。夜色渐深了，他在岭上住了下来。窗外的月亮仿佛就在窗前，天上的银河也仿佛要流进房门那样低。芬芳的春天，银杏树的叶子全都绿了，而象征着蜀地的杜鹃鸟正在窗外啼鸣不已。听着悲啼的杜鹃声，思乡的情绪一点点蔓延开来。忽地又远远地传来褒城公鸡报晓的声音，这不寐的一夜过得真快，马上又要上路了。

汉中市，从油菜花田穿行而过的高铁

这首初唐五律诗中所提到的褒城，就属于今天的汉中市。

自公元前 312 年秦惠王首次设立汉中郡以来，迄今已有 2300 多年的历史，因其有着极好的地理位置，一直都引得群雄觊觎，兵家必争。

曹操、刘备、韩信、诸葛亮等帝王将相曾在这里建功立业，刘备还曾自立为汉中王。一代名相诸葛亮在汉中屯兵八年，在这里为实现他北伐中原的理想鞠躬尽瘁，他死后，葬于汉中的定军山下。这里还是丝绸之路开拓者张骞的故里，是发明造纸术的蔡伦的封地。

但这些，都不是汉中最引以为傲的地方。

汉中，是刘邦西汉王朝的发祥地。

公元前206年，刘邦率部来到南郑，也就是今天汉中的汉台区，就任汉王。

一天，在项羽麾下不得志的韩信背离楚营，来到刘邦军中，希望讨个官职。刘邦当时并不了解韩信的能力，只给了他一个管理粮食的职位。韩信非常生气，自己是背离了项羽，冒着背信弃义的名声来投奔刘邦，如果得不到重用，他就考虑另投他处。

过了一段时间，韩信仍然没有受到重用，一气之下他连夜离开汉营，投奔他处。丞相萧何是知道韩信的能力的，他一看良将跑了，赶忙备马，连夜去追韩信。

萧何把韩信追回来后，极力向刘邦推荐说："如果你要打天下，只有韩信才能担此重任。"不了解韩信才能的刘邦，被萧何的苦荐所感化，斋戒七日，设坛场，以九宾礼拜韩信为大将军。

后来，在与项羽夺天下的战争中，韩信发挥了不可替代的作用，他屡建奇功，最终助汉王刘邦夺得天下，成就了汉室天下400多年的宏伟基业。

自此，汉朝、汉人、汉族、汉语、汉文化等称谓就一脉相承至今。所以，从某种意义上，也可以说汉中是汉民族的发祥地。

我们不知道，如果没有韩信，这段历史会不会改写；如果没有韩信，我们现在所写下的文字，还会不会被称为汉字。但后世的无数文臣武将，都在仰慕韩信的旷

世奇才，宋代诗人王安石怀着这份渴慕，写下了《韩信》一诗：

虽然大汉的国都最终没有选在汉中，但汉中得天独厚的地理位置，却成就了汉高祖刘邦的一代伟业。如今，汉中再也不是"兵家"必争之地，这个曾经的"关中重镇"很少被外界提及，但那又如何？人们将它淡忘也好，冷眼看待也罢，丝毫不妨碍它在青史上留下一个又一个重重的脚印。

汉中风光

📍 汉中市勉县定军山风光

📷 定军山

　　定军山位于陕西省汉中市勉县，这里曾发生三国时期的著名战役——定军山之战。蜀汉名臣诸葛亮去世后，葬在了定军山下，所以定军山建有武侯墓。定军山隆起十二座山峰，像珠串一般沿着东西方向连绵十多公里，宛如游龙戏珠。

📷 褒斜道

　　褒斜道是我国古代横跨秦岭的栈道，南起褒谷（位于汉中市城北），北至斜谷（在眉县）全长 249 千米。这条栈道始建于战国，是秦蜀间的交通要道。"明修栈道，暗度陈仓"的栈道，指的正是褒斜道。褒斜道建在峭壁上，沿途景色壮丽，还留有许多文人墨客的千古名篇呢。

📍 汉中褒斜道及沿途题刻

张良庙

张良庙坐落于秦岭南麓的紫柏山下，是祭祀汉高祖刘邦的开国谋士张良的祠庙。依山而建的古建筑与山林相映，北方宫殿与南方园林交融，院落错落有致，共有156间房舍，更有诸多名人字画，是我国古代建筑群中一颗璀璨的明珠。

汉中市留坝县张良庙

汉中市留坝县张良庙辟谷亭

岩峦叠万重，
诡怪浩难测。

恒山

华山

西岳出浮云，
积翠在太清。

榆柳萧疏楼阁闲，
月明直见嵩山雪。

嵩山

会当凌绝顶，
一览众山小。

一夕绕山秋，
香露遝蒙蒙。

太行山

泰山

第三辑：巍巍山岳
——千万年矗立，只为守护华夏大地

泰山

泰山日出

dài zōng fú rú hé　　qí lǔ qīng wèi liǎo
岱宗夫如何？齐鲁青未了。

zào huà zhōng shén xiù　　yīn yáng gē hūn xiǎo
造化钟神秀，阴阳割昏晓。

dàng xiōng shēng céng yún　　jué zì rù guī niǎo
荡胸生层云，决眦入归鸟。

huì dāng líng jué dǐng　　yì lǎn zhòng shān xiǎo
会当凌绝顶，一览众山小。

——杜甫·《望岳》

南天门

泰山
十八盘

五岳之首的泰山景象到底怎么样？在齐鲁大地上，那青翠的山色没有尽头。大自然把神奇秀丽的景色都汇聚到了泰山，山南和山北的天色被分割为一明一暗。山中的层层白云，让人的心灵得到洗涤。日暮的归巢山鸟，从高空掠过。一定要登上泰山的最高峰，在峰顶俯瞰，其他山看起来是多么渺小啊！

泰山位于山东省泰安市，自古以来，中国人就有崇拜泰山的传统，有"泰山安，四海皆安"的说法。历史上有多位帝王曾在泰山举行封禅大典，以此向上天报告功绩，祈祷国家安定太平。雄伟多姿的壮丽景色加上皇帝的名人效应，引得历代文人墨客纷纷登临泰山，留下了数以千计的诗文刻石。

孔子的《丘陵歌》、司马相如的《封禅书》、曹植的《飞龙篇》、李白的《游泰山六首》、杜甫的《望岳》等诗文，都因为泰山成了传世名篇。

sì yuè shàng tài shān　shí píng yù dào kāi
四月上泰山，石屏御道开。

liù lóng guò wàn hè　jiàn gǔ suí yíng huí
六龙过万壑，涧谷随萦回。

mǎ jì rào bì fēng　yú jīn mǎn qīng tái
马迹绕碧峰，于今满青苔。

fēi liú sǎ jué yǎn　shuǐ jí sōng shēng āi
飞流洒绝巘，水急松声哀。

—— 李白·《游泰山六首》（节选）

李白曾写下《游泰山六首》这组连章古诗，开头先介绍了观泰山奇景的最佳时节，又像一位向导般开始逐一介绍不同位置的不同景色。然后融合泰山神话传说，创造出亦真亦幻的遇到仙人的生动情节。最后，李白在夜晚看到泰山山巅上有仙人们在起舞歌唱，清晨仙境消失后，徒留下失意惆怅。

自盘古开天辟地以来，天下名山无数，历代帝王和文人雅士为何会独尊东岳泰山呢？这还得从一个有关天地起源的神话说起。

传说，在世界初成时，天地始分，宇宙就像是个大鸡蛋一样混沌一团。有个叫盘古的巨人在这个"大鸡蛋"中醒来，发现周围一团黑暗。

盘古在这个"大鸡蛋"里挺不直腰也伸不开腿，他非常烦躁，就抡起大斧子向黑暗劈去，一声巨响，"大鸡蛋"碎了，其中轻又清的东西慢慢上升并渐渐散开，变成蓝色的天空；而那些厚重混浊的东西慢慢地下降，变成了脚下的大地。

盘古站在这天地之间非常高兴。他很怕天地再合拢变成以前的样子，就用手撑着天，脚踏着地。就这样，天空每日高一丈，大地每日厚一丈，盘古也每日长高一丈。日复一日，年复一年，他就这样顶天立地生活着。

终于有一天，盘古累得再也无法支撑这天地。

临死前，他将自己呼出的气化作了风和云雾；将声音变成了天空的雷霆；他的眼睛一眨一眨的，闪出道道蓝光，变成了闪电；他的左眼变成了太阳；右眼变成了月亮；头发和胡须变成了夜空的星星。

当他倒地时，他的头变成了东岳泰山，腹部变成了中岳嵩山，左臂变成了南岳衡山，右臂变成了北岳恒山，双脚变成了西岳华山。他的毛发变成了草木，汗水和血液变成了江河，筋脉变成了道路，肌肉变成了农田，牙齿、骨骼和骨髓变成了地下矿藏……

盘古被后人奉为人类祖先，而他最尊贵的头变成了东岳泰山，所以，泰山便成了至高无上的"天下第一山"，成了五岳之首。

事实上，泰山也的确无愧于这个称号。它就像山中的"帝王"一样，无时无刻不在接受着人们的朝见、敬畏。从古至今，无数文学作品中都有泰山的影子，无数文人都从泰山的传说中汲取灵感。

《孟子》中说："孔子登东山而小鲁，登泰山而小天下。"千百年以来，泰山一直尽忠职守，传承着中华大地的文化。在这片东方大地上，它是永远的山中之王。

泰山"孔子小天下处"

📍 日出泰山

📷 **泰山日出**

　　泰山日出十分壮观。日出之时，随着旭日发出的第一缕曙光冲破黑暗，东方天幕逐渐由漆黑转为鱼肚白，紧接着由白变红，直至从空中跃出几丝耀眼的金黄，继而喷射出万道霞光，最后，一轮火球跃出云面，腾空而起。日出的整个过程像一个技艺高超的魔术师，在瞬息间变幻出千万种多姿多彩的画面，令人叹为观止。

　　错过了泰山日出也没关系，在夏秋季节里，还可以欣赏到云海玉盘的梦幻奇观。站在山顶，就能看见连绵的云朵一望无际，仿佛巨大的玉盘悬浮于天地之间。群山被云雾遮住，只偶尔露出几座山头。行走在云雾里，就好像漫步在仙界一般，绝对终生难忘。

📍 云海玉盘

📷 泰山十八盘

　　泰山十八盘位于对松山北，是泰山登山盘路中最险要的一段，共有石阶 1600 余级，这可是泰山的主要标志之一。十八盘的两侧是如刀削一般的陡峭悬崖，中间镶嵌着一条陡峭的盘山路，远远望去，好似登入仙境的天门云梯。

📍 泰山十八盘

📷 南天门

　　南天门就坐落在泰山十八盘的尽头，海拔 1460 米，位于飞龙岩与翔凤岭之间的低坳处，夹在两峰之间，仿佛天门自开。南天门是阁楼式建筑，红墙点缀，黄色琉璃瓦盖顶，气势雄伟。在神话世界里，这里可是人界和神界的出入口呢。

📍 泰山南天门

嵩山

嵩阳书院

tiān jīn qiáo xià bīng chū jié luò yáng mò shàng rén xíng jué
天津桥下冰初结，洛阳陌上人行绝。
yú liǔ xiāo shū lóu gé xián yuè míng zhí jiàn sōng shān xuě
榆柳萧疏楼阁闲，月明直见嵩山雪。

——孟郊·《洛桥晚望》

嵩山
少林寺

观星台

天津桥下的冰刚结不久，洛阳的街道上就几乎看不到行人了。叶落枝秃的榆柳掩映着静谧的楼台亭阁，万籁俱寂，悄无人声。在明净的月光下，一眼便看到了嵩山上那皑皑白雪。

　　孟郊的这首《洛桥晚望》，写了四个地方的景象，其中最突出的，还是最后一句"月明直见嵩山雪"。在某个明净的月夜里，远望嵩山，它就好似一条卧龙，天空与山峦，月华与雪光，交相辉映，上下通明，一片银白，真是美极了。

　　中岳嵩山位于河南省的登封市，称得上是文化名山，多姿多彩的传统文化在此交融荟萃，历代文人也都将嵩山看作游历、隐居的胜地，唐代诗人王维就在他辞官归隐嵩山的途中，被美景治愈，写下《归嵩山作》：

qīng chuān dài cháng bó　　chē mǎ qù xián xián
清川带长薄，车马去闲闲。

liú shuǐ rú yǒu yì　　mù qín xiāng yǔ huán
流水如有意，暮禽相与还。

huāng chéng lín gǔ dù　　luò rì mǎn qiū shān
荒城临古渡，落日满秋山。

tiáo dì sōng gāo xià　　guī lái qiě bì guān
迢递嵩高下，归来且闭关。

嵩山，也的确不负诗人盛赞，它优雅、沉稳、气势磅礴的山形，能给人以无限的遐想。嵩山一共有 72 座山峰，层峦叠嶂，雄浑奇秀，峰峰都有典故，都有令人心潮起伏的传说。

📍 中岳嵩山

我们熟知的大禹治水的传说，就跟这卧龙一般的嵩山有紧密的联系。这得从嵩山的地理位置说起：

嵩山属于伏牛山系，传说 4000 多年前，伏牛山是尧、舜、禹的活动区域。

那个时候，黄河水泛滥，水灾不断，禹受命接替父亲鲧治水，开始了辛苦的疏通河道的工作。但要将黄河的河道从伏牛山一直疏通到大海，谈何容易。

大禹站在高处，看着地形，思前想后，发现要治水，只能先凿开太室山。但这工程实在太大，大禹带领人们夜以继日地加班，连饭都顾不得吃。

大禹的妻子涂山氏心疼丈夫，便每日将饭做好送到山上。但山间路难行走，大禹怕涂山氏在送饭的路上遇到危险，便和她定下暗号，以击鼓为号，妻子在山下听见击鼓声就将饭送来，而其余时间不可轻易上山。

日子过了一天又一天，太室山还是没有凿开。大禹心里很着急，于是，他按照神仙教的口诀，变成了一只力大无比的大熊，一掌就能拍碎一大块石头，渐渐地，凿山的速度快了很多。

但力气用得多了，大禹便会饿，饿的时候，他就恢复成人的样子下山击鼓，吃完饭等妻子把碗收走，他又上山变成大熊继续工作。

有一天，大禹变成的大熊开山时击碎的一些小石块滚下了山，恰巧碰响了山下的鼓，但他自己全心凿山，并没有注意到这个声响。可大禹的妻子误以为是丈夫在呼唤她，于是兴冲冲地提着篮子到了送饭的地点，却没有看见丈夫，只看见一只大熊在奋力地凿山。她大惊失色，以为丈夫是熊精变的，情急之下，转身便跑。

大禹听见身后的动静，转身看见了奔跑的妻子，他立即知道发生了误会，赶忙追赶。然而，当他追到太室山南麓的时候，却发现涂山氏已经化成了一块巨石立在那里。

此时的涂山氏已有了身孕，正当大禹痛苦绝望的时候，巨石忽然裂开，里面跳出了一个白白胖胖的小男孩。这个孩子，就是后来夏王朝的开国之君——启，那块巨石，就是嵩山上著名的启母石。

至今，嵩山脚下还有启母庙，庙前有启母阙，山后有启母石。

嵩山，的确不负它那"中原眠龙"的称号，它是远古时期先民活动的主要地区，是黄帝活动的中心地带。启母石的传说正是这悠久文化史的一种体现。

嵩阳书院

　　嵩阳书院位于河南省登封市城北的峻极峰下，始建于北魏时期，是我国古代的高等学府，也是四大书院之一。嵩阳书院至今仍保持着清代建筑的风格，由南向北，依次为大门、先圣殿、讲堂、道统祠和藏书楼。院内建筑古朴大方，雅致不俗，青砖灰瓦，具有浓厚的地方特色。在大门前，有一个写着"高山仰止"的牌坊式仪门，提醒着所有学子要时刻注意言行穿戴，不可失礼。

　　古代凡是书院里科举通过的学子，都要在泮池旁举行绕池仪式，以示自己不忘老师的教导，安邦治国的决心。

📍 嵩阳书院泮池

📍 嵩阳书院仪门

观星台位于河南省登封市东南的告成镇，由元代天文学家郭守敬所建，是我国现存的最古老的观星台。观星台上窄下宽，有周公测景台、日晷、仰仪等各种古代天文仪器。站在观星台上，可以看到中国古人对于浩瀚宇宙的探索和自然规律的把握，是何等的自信与从容。

📍 登封观星台

嵩山少林寺

少林寺在登封市少室山麓五乳峰下，始建于北魏太和年间。因其坐落在嵩山腹地少室山茂密的丛林中，故被称为"少林寺"。

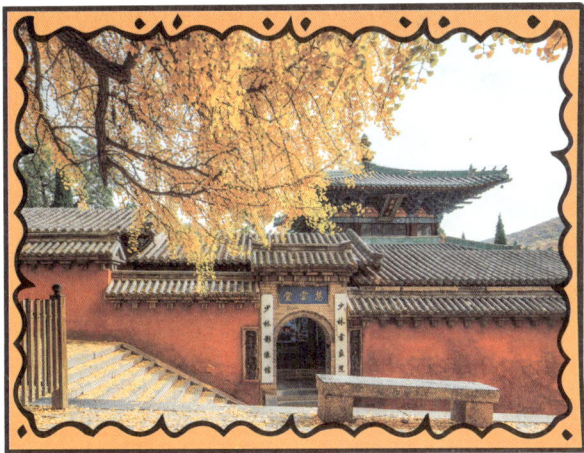

📍 嵩山少林寺的秋天

古时候少林寺僧人修行的禅法称为"壁观"，就是面对墙壁静坐。由于长时间盘膝而坐，极易疲劳，僧人们就习武锻炼身体。后来，少林功夫逐渐成了中国武术中体系最庞大的门派。

如今的少林寺还保存着塔林、碑铭、石刻等许多文物，注意游览时要爱护文物，对僧人尊敬，不要大声喧哗哟。

恒山

神溪
国家湿地公园

tiān dì yǒu wǔ yuè　　héng yuè jū qí běi
天地有五岳，恒岳居其北。

yán luán dié wàn chóng　　guǐ guài hào nán cè
岩峦叠万重，诡怪浩难测。

rén lái bù gǎn rù　　cí yǔ bái rì hēi
人来不敢入，祠宇白日黑。

yǒu shí qǐ lín yǔ　　yì sǎ tiān dì dé
有时起霖雨，一洒天地德。

shén xī ān zài zāi　　yǒng kāng wǒ wáng guó
神兮安在哉，永康我王国。

——贾岛·《北岳庙》

九天宫

悬空寺

天地间有五岳，恒山在最北边。山上怪石嶙峋，山势诡异难测。人们来的时候，看见这重重叠叠的山峰，都不敢走进山里，而山里的庙宇被怪石所挡，白天也看不见阳光。山上有时会下起连绵的甘雨，那是天地给予的恩赐。北岳的山神啊，如果你还在，请庇佑我们的国家永远康宁。

贾岛的这首《北岳庙》只用寥寥几句，就把北岳恒山的山形地貌展现在我们眼前。

北岳恒山，又名常山，位于山西大同市浑源县，东西绵延 500 里。恒山莽莽苍苍，群峰奔突，风景如画，气势异常博大雄浑。

北宋画家郭熙曾如此总结："泰山如坐，华山如站，嵩山如卧，常山如行。"

苍松翠柏、庙观楼阁、奇花异草、怪石幽洞构成了著名的恒山十八景。十八胜景，各有千秋，犹如 18 幅美丽画卷，展现在我们面前。

许多著名的诗人、学者，都对恒山有过动人的描绘。汉代历史学家班固就曾描绘恒山"望常山之峻峨，登北岳之高游"。唐代大诗人李白，在恒山留下了"壮观"二字。金代诗人元好问在攀登恒山的时候，写下诗歌《登恒山》，并夸赞此地是灵境：

dà mào wéi yuè gǔ dì sūn　tài pǔ wèi sàn zhēn qiǎo cún
大茂维岳古帝孙，太朴未散真巧存。

qián kūn zì yǒu líng jìng zài　diàn wèi qǐ hé tā shān zūn
乾坤自有灵境在，奠位岂合他山尊。

jiāo yuán jīng qí bái rì yuè　shān jiè lóu guàn cāng yān tún
椒原旌旗白日跃，山界楼观苍烟屯。

shuí néng jiè wǒ liǎng huáng hú　cháng xiù yì fú yuán dū mén
谁能借我两黄鹄，长袖一拂元都门。

当太阳从山林中升起，山峰和楼观在苍茫的晨雾里若隐若现。诗人看着眼前的景象，希望自己能有一双神鸟黄鹄的翅膀，微微振翅就能飞到那神圣之地。

恒山日出

与其他四岳不同的是，恒山不仅风景如画，更因其险峻的自然山势和地理位置，成为兵家必争之地，是尽忠职守的中原守门员。

春秋时期，代国背靠恒山而得以存活；战国时期，燕、赵也凭借恒山而得以壮大；到了两汉，匈奴利用恒山入侵中原；东晋时，慕容氏踞恒山而威天下；北魏时，拓跋氏依恒山而分天下；北宋仗恒山而守天下；金人也夺取恒山而欲图天下；清朝能够一统天下，凭借的也是以恒山为主体的长城沿线天险。

在那个烽烟四起的时代，拥恒山者得天下，失恒山者失天下。恒山，虽名不如四岳，但却和"天下"的命运紧密相连，恒山也是五岳之中关隘、城堡、烽火台等众多古战场遗迹保存最多的地方。

到了现代，令恒山扬名海内外的恐怕要数天下一绝的奇观——悬空寺，寺院距地面约 50 米，建在深山峡谷的一个小盆地内，看起来就像是悬挂在悬崖峭壁上。明朝的地理学家、旅行家徐霞客游恒山后，便把在恒山的见闻整理进了《徐霞客游记》中。

📷 神溪国家湿地公园

神溪国家湿地公园位于恒山脚下的神溪村，公园里野生动植物资源丰富。各类珍稀的水鸟栖息在芦苇丛中，漫步在开满荷花的湿地小路上，可以赏鸟、赏花、赏鱼、纳凉，还能逛一逛位于湿地中央的律吕神祠，殿内壁有一圈近 70 平方米的彩绘壁画，描绘了四海龙王行云布雨的场景。

📍 神溪律吕神祠一角

悬空寺

悬空寺始建于北魏王朝后期，是恒山十八景中"第一胜景"。

"悬"是悬空寺的一大特色，全寺共有殿阁 40 间，其中三教殿中三位教主共聚一堂，中间为释迦牟尼，左边为孔子，右边为老子，体现了古人"世界大同"的至高境界。

悬空寺的设计非常精巧，表面看上建筑是靠十几根粗木柱来支撑，其实有一部分木柱根本不受力，建筑的真正的支撑力在坚石上，利用力学原理半插横梁为基，和回廊的栏杆、梁柱组成了一个完整的框架结构，于是便有了巧夺天工般的壮观景色。

恒山悬空寺

📍恒山悬空寺观景走廊

📷 九天宫

　　九天宫又名碧霞宫，位于恒宗峰的西北侧，下了索道后不远便是。九天宫院落呈正方形，正南开门。正面大殿内塑有九天玄女的神像。宫院四周花草繁茂，松柏森森。置身于宫院内，给人一种超凡脱俗、尘埃荡尽的感觉。

📍恒山九天宫

华山

西岳西峰

xī yuè chū fú yún　jī cuì zài tài qīng
西岳出浮云，积翠在太清。

lián tiān níng dài sè　bǎi lǐ yáo qīng míng
连天凝黛色，百里遥青冥。

bái rì wèi zhī hán　sēn chén huà yīn chéng
白日为之寒，森沉华阴城。

xī wén qián kūn bì　zào huà shēng jù líng
昔闻乾坤闭，造化生巨灵。

yòu zú tà fāng zhǐ　zuǒ shǒu tuī xiāo chéng
右足踏方止，左手推削成。

tiān dì hū kāi chāi　dà hé zhù dōng míng
天地忽开拆，大河注东溟。

—— 王维·《华岳》（节选）

华山东峰　　　　　华山南峰

王维的这首诗不仅描写了华山的雄伟气势，还讲述了一段关于华山的传说。西岳华山耸立在浮云间，山顶的积雪仿佛在天空之上。青黑色的山体与天相连，就连阳光都变得寒冷，山体巨大的阴影笼罩着华阴城。传说在天地未开时，巨灵神诞生，他右脚踩出大地，左手一推劈开山体。天地忽地分开，黄河之水向东流去。

还记得《射雕英雄传》中著名的场景华山论剑吗？华山，从古至今被文人们追捧、咏颂，它带给文人不可多得的创作灵感。而文人又赋予了它令人无限向往的灵魂。

华山不仅雄伟奇险，而且山势峻峭，壁立千仞，群峰挺秀，以险峻称雄于世，自古以来就有"华山天下险""奇险天下第一山"的说法，正因为如此，华山多少年以来吸引了无数敢于挑战它的人们。

不过，因为华山太过险峻，许多上山的必经之路，几乎都是直上直下的悬崖峭壁，所以，在唐代以前，很少有人登临的记录。而历代君王祭祀西岳，也都选择在山下西岳庙中举行祭祀大典。

据记载，在秦昭王时期，人们上山的唯一办法，就是在峭壁上钉上钉子，再将梯子挂在钉子上进行攀爬，其险峻程度可见一斑。

到了魏晋南北朝时期，依旧没有正式通向华山峰顶的道路。直到唐朝，随着道教兴盛，信徒们开始居山建观，于是在华山开凿了一条险道，这条险道，就是我们今天常说的"自古华山一条道"。

📍 华山西峰

人类大概天生就有征服险境的欲望，越是难以征服，就有越多的人想要攀登，想要站在那与天比邻的峰顶之上。远远望去，华山的东、南、西三峰拔地而起，如神斧劈砍而成，唐朝诗人张乔在《华山》一诗中形容道：

shuí jiāng yǐ tiān jiàn　　xiāo chū yǐ tiān fēng
谁 将 倚 天 剑，削 出 倚 天 峰。

zhòng shuǐ bèi liú jí　　tā shān xiāng xiàng chóng
众 水 背 流 急，他 山 相 向 重。

shù nián qīng ǎi hé　　yá jiā bái yún nóng
树 黏 青 霭 合，崖 夹 白 云 浓。

yí yè pén qīng yǔ　　qián qiū qǐ dú lóng
一 夜 盆 倾 雨，前 湫 起 毒 龙。

　　华山亦留下了无数名人的足迹、传说故事和古迹。自隋唐以来，李白、杜甫等文人墨客咏华山的诗歌、碑记和游记不下千余篇，摩崖石刻多达上千处。自汉代到明清时期也有不少古代学者隐居华山，在这里开馆授徒。而建于汉武帝时期的西岳庙，有着"陕西故宫"和"五岳第一庙"之称誉，这是五岳中建造最早和面积最大的庙宇。

　　"沉香救母"这个著名的神话故事就发生在华山。如果你登上了华山西峰顶，能看到那里有一块十余丈长的巨石，被整整齐齐地截成三节，相传这就是当年沉香劈山救母的地方。巨石叫斧劈石，铁斧叫开山斧。

　　华山，它的每一处观、院、亭、阁皆依山势而建，宛如空中楼阁，而且有古松相映，更是别具一格。它的山峰秀丽，又形象各异，或似金蟾戏龟，或如白蛇遭难。山间小道边的潺潺流水，山涧的水帘瀑布，更是妙趣横生。山中随处可见险境奇石，鬼斧神工，更有云海劲松，引人入胜。

华山西峰

华山西峰海拔 2082.6 米，为一块完整的巨石，浑然天成，巨石形状好似莲花瓣。徐霞客在《游太华山日记》中写道："峰上石耸起，有石片覆其上，如荷花。"李白在《西岳云台歌送丹丘子》中写的"石作莲花云作台"，指的也是这里。

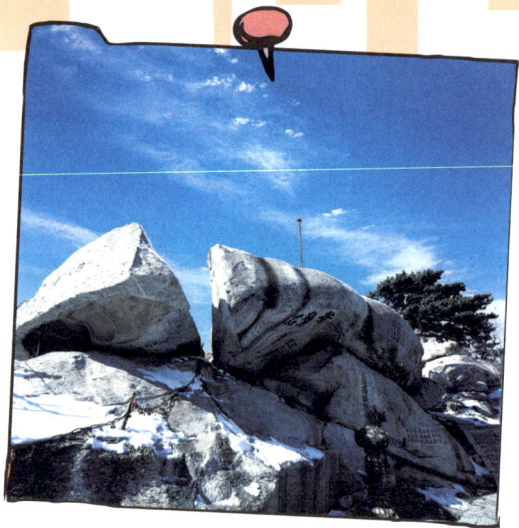

📍 华山西峰的斧劈石

华山南峰

华山南峰海拔为 2154.9 米，是华山最高的主峰，也是五岳的最高峰，古人尊称它是"华山元首"。南峰的一侧是如刀削的绝壁，如果你登上了南峰绝顶，就会感觉到天空近在咫尺，仿佛登临仙境，随手就能摘下星斗。

📍 华山南峰

华山东峰

华山东峰海拔 2096.2 米，在峰顶有一处平台，视野**非常**开阔，是整个华山观日出最好的地方，名叫朝阳台。

东峰上有一个四周都是峭壁的小山头，山头上有一座下棋亭。相传赵匡胤在华山遇到了道士陈抟，两人在亭子里下了三盘棋，结果赵匡胤把华山输给了陈抟。如今在下棋亭中的石桌上，还刻着当年赵匡胤和陈抟下棋时的残局呢。

华山东峰下棋亭

太行山

五台山

yì xī rào shān qiū　xiāng lù kè méng lù
一夕绕山秋，香露遝蒙蒙。

xīn qiáo yǐ yún bǎn　hòu chóng sī lù pǔ
新桥倚云阪，候虫嘶露朴。

luò nán jīn yǐ yuǎn　yuè qīn shuí wèi shú
洛南今已远，越衾谁为熟。

shí qì hé qī qī　lǎo suō rú duǎn zú
石气何凄凄，老莎如短镞。

——李贺·《七月一日晓入太行山》

羊肠坂

太行山
大峡谷

一夜之间山中已尽染秋色，清香的晨露挂满了莺萝杂草。新桥笼罩在云雾之中，秋虫发出阵阵嘶鸣。如今已远离了繁华的洛南，因为一早要赶路，盖着越布做的被子谁能睡得踏实呢？诗人感觉这里的山石一片冰凉，枯萎的莎草如同短短的箭杆一般坚硬。

《七月一日晓入太行山》是诗人李贺从家乡河南去往山西潞州途中所作，此时南太行山还是夏天景象，但当李贺走了一夜，清晨时却突然发现山的北麓早已染满秋色，与南麓大不相同，感慨之情油然而生。

太行山又叫五行山、女娲山，耸立于北京、河北、山西、河南四省市之间，范围极大，绵延 400 余千米。

太行山，群山拱翠，散布着流泉碧潭，是钟灵毓秀的风水宝地。这里有三伏酷暑天也能让水结冰的太极山、充满谜团的猪叫石、太行之魂王相岩、潭深谷幽的仙霞谷、鬼斧神工的鲁班门、华夏一绝的桃花瀑等奇观异景。

📍层峦叠翠的太行山

据说，商王武丁和奴隶出身的宰相傅说曾在这里居住与生活，东汉末年的名士夏馥也曾因"党锢之祸"隐居在这里。三国曹丕曾在太行的蚁尖山屯兵立寨，谋划大业。北齐神武帝高欢、明代名将左良玉在山中桃花洞中统率兵将，南征北战。曹操曾留诗："北上太行山，艰哉何巍巍！羊肠坂诘屈，车轮为之摧。"

李白在《行路难》中这样写及太行山：

jīn zūn qīng jiǔ dǒu shí qiān　　yù pán zhēn xiū zhí wàn qián
金樽清酒斗十千，玉盘珍羞直万钱。
tíng bēi tóu zhù bù néng shí　　bá jiàn sì gù xīn máng rán
停杯投箸不能食，拔剑四顾心茫然。
yù dù huáng hé bīng sè chuān　　jiāng dēng tài háng xuě mǎn shān
欲渡黄河冰塞川，将登太行雪满山。
xián lái chuí diào bì xī shàng　　hū fù chéng zhōu mèng rì biān
闲来垂钓碧溪上，忽复乘舟梦日边。
xíng lù nán　　xíng lù nán　　duō qí lù　　jīn ān zài
行路难，行路难，多歧路，今安在？
cháng fēng pò làng huì yǒu shí　　zhí guà yún fān jì cāng hǎi
长风破浪会有时，直挂云帆济沧海。

太行虽不在五岳之列，却与北岳恒山一般，静静地守护着中原大门，太行山走势变化繁多，山势险峻，易守难攻。所谓得太行者，得中原大地。从春秋战国直到明清，2000 多年间太行山烽火不息。

但是，太行并未因此而变得千疮百孔。岁月的流逝，洗去了大部分战争痕迹，它们或被山间老藤覆盖，或被风雨雷电磨去了伤痕。除了传说中那个坚定不移的愚公，再也没有人能改变太行。

山风依旧，山花烂漫，太行虽无封号，但在北国，它的魅力，它的名号，却丝毫不亚于五岳。

📷 五台山

太行山山脉一般海拔是 1000~1500 米，其最高峰为五台山，海拔 3061.1 米。五台山位于山西省忻州市，是世界五大佛教圣地之一。这里不仅留存着许多寺院建筑，还是融合了自然美景、历史文物、民俗风情等特色的避暑休闲好去处。

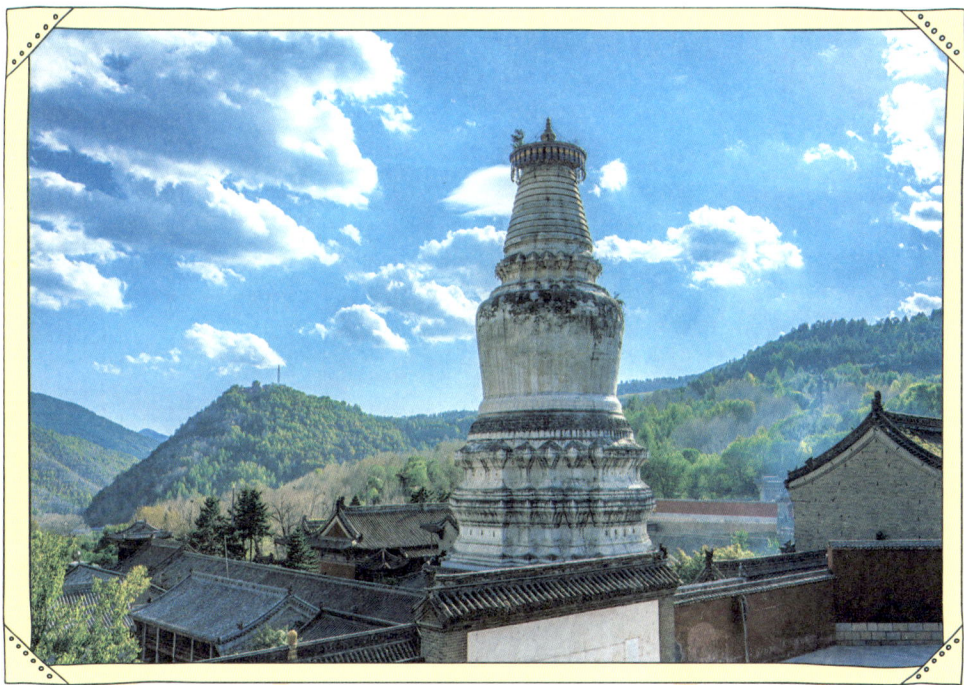

📍 五台山白塔

太行山大峡谷八泉峡

📷 太行山大峡谷

　　太行山大峡谷位于山西省长治市，主要景观有红豆峡、八泉峡、青龙峡、王莽岭等。峡谷中的溪流蜿蜒，跌宕多姿；山崖上的瀑布落入谷中，发出动听的叮咚声。坐游船穿行其中，可以体验到"轻舟已过万重山"的惬意。

峡谷内生长着珍惜的红豆杉

太行山大峡谷红豆峡

094

羊肠坂

羊肠坂是古代京洛要道的咽喉，因道路狭窄，盘桓似羊肠而得名。在古代，这条坂道古柏参天，虎豹拦路，阴森恐惧。三国时期，曹操路过这里时正遇到大雪，面对行军路的艰辛感慨万千，写下了著名诗篇《苦寒行》，就写到了"羊肠坂诘屈，车轮为之摧"的路况；金代的元好问路过此地，也写下了"浩荡云山直北看，凌兢羸马不胜鞍"的诗句，来形容羊肠坂的陡峭难行。

河南焦作市古羊肠坂道

羌笛何须怨杨柳，
春风不度玉门关。

玉门关

玉门关遗址

敦煌者旧冀皓然，
愿留太守更五年。

敦煌

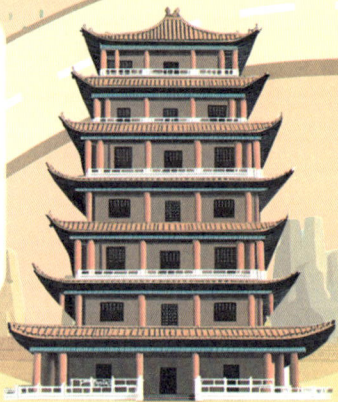

劝君更尽一杯酒，
西出阳关无故人。

阳关

都护军书至，
匈奴围酒泉。

酒泉

酒

古戍依重险，
高楼见五凉。

兰州

第四辑：一路向西
——有一种美丽叫苍凉

兰州

兴隆山
国家级自然保护区

gǔ shù yī chóng xiǎn　　gāo lóu jiàn wǔ liáng
古戍依重险，高楼见五凉。
shān gēn pán yì dào　　hé shuǐ jìn chéng qiáng
山根盘驿道，河水浸城墙。
tíng shù cháo yīng wǔ　　yuán huā yǐn shè xiāng
庭树巢鹦鹉，园花隐麝香。
hū rú jiāng pǔ shàng　　yì zuò bǔ yú láng
忽如江浦上，忆作捕鱼郎。

——岑参·《题金城临河驿楼》

甘肃省
博物馆

黄河铁桥

白塔山
公园

古老的边关位于层层险阻之地，登上高楼，仿佛能看见曾经的五凉之地。山间的树藤盘缠着爬上驿道，河水在城墙之下滔滔流过。庭院中的老树上有鹦鹉，园中的花儿隐隐散发出好似麝香一般的香气。凭栏远眺，看见江中的渔船，诗人忽然回忆起在乡下做捕鱼郎的生活。

若不是这首《题金城临河驿楼》，许多人恐怕很难想象，兰州竟然还有如此美丽的一面。其实，这座干燥、粗犷的城市，也曾有过细腻的、诗情画意的一瞬间。

兰州，也称金城，岑参的这首诗，描写的就是兰州城外位于白塔山下的临河驿楼。

那时，兰州也曾绿意盎然，拥有亭台水榭的美宅遍布城中，登上高高的城楼，眼前黄河奔腾之势一览无余，古城雄关的气度令人心胸涌起一腔热血。

兰州黄河楼，即诗中提到的临河驿楼（重建）

但不知从什么时候开始，金城变得不再美丽，战马的嘶鸣声在城中不停回荡，亭台水榭尽数被毁。这座城市，一遍又一遍被摧毁、践踏，一次又一次重生、恢复，就像神话传说中"被困的普罗米修斯"一样。

　　对于兰州的百姓来说，宁静的日子不过是昙花一现，大部分的时间都在战乱中度过。而这一切的罪魁祸首，便是兰州特殊的地理位置。

　　古时候的兰州是兵家必争之地，战争不断，现存的城堡墩台等遗迹，正是兰州城战事频发的真实记录。

　　秦汉时期，金城的西南边是西羌占领的地区，东北方向是匈奴占领的地区。当时，西羌首领和匈奴贵族就经常互相勾结，骚扰居住在这两个地区的汉族人民。虽然秦始皇在统一六国后，曾派大军击退了西羌和匈奴，但金城也因此遭受重创。

　　西汉时期，汉朝加强了对河西东大门兰州地区的防守，兰州成为隔绝匈奴与羌人联络的战略要地。匈奴贵族一直虎视眈眈，企图重新夺回这一地区。

　　到了"十六国"时期，金城一带更是成了军阀混战的战场。十六国中至少有一半曾先后将金城人民卷入战争。

　　隋文帝即位时，北边的突厥大可汗带兵攻入长城，占据了凉州、兰州等地，将这些地区抢掠一空。

　　唐朝初期，突厥又开始对汉族地区进行武装骚扰，并在公元626年攻克了兰州。与此同时，吐谷浑也一再发兵侵扰兰州。

　　安史之乱以后，吐蕃乘虚而入，兰州地区的战争越演越烈。公元763年，兰州被吐蕃占领，直到公元 848 年，大唐猛将张议潮带兵赶走了吐蕃，兰州才重回大唐管辖。

唐朝诗人高适怀着在边塞建功立业的志向，也曾赶赴兰州。他站在金城北楼，望着金城秋季壮阔的景色，写下了勾画边疆凄清生活场景的《金城北楼》，借此表达盼望战争早日平息的心愿：

> běi lóu xī wàng mǎn qíng kōng　jī shuǐ lián shān shèng huà zhōng
> 北楼西望满晴空，积水连山胜画中。
> tuān shàng jí liú shēng ruò jiàn　chéng tóu cán yuè shì rú gōng
> 湍上急流声若箭，城头残月势如弓。
> chuí gān yǐ xiè pán xī lǎo　tǐ dào yóu sī sài shàng wēng
> 垂竿已谢磻溪老，体道犹思塞上翁。
> wèi wèn biān tíng gèng hé shì　zhì jīn qiāng dí yuàn wú qióng
> 为问边庭更何事，至今羌笛怨无穷。

再往后，战争依旧在兰州反反复复地上演，光是有历史记载的战争就发生了 280 多次，也就是说平均每七年，兰州就会发生两次战争，不难想象生活在这里的人民该有多崩溃。

只有读过兰州的历史，我们才能真切理解这个城市为何如此狂野，因为它必须如此。它的粗犷豪放，让它在战争之后有足够的精力休养生息，而在如今的和平时代，这个样子，反倒更能突显它的可爱和质朴。

📷 兴隆山国家级自然保护区

兴隆山位于兰州市东南方，是国家一级保护动物马麝的栖息地。兴隆山的主峰由东峰兴隆和西峰栖云组成，在两峰之间，有始建于乾隆年间的画廊式的云龙桥相连，山中还有七十多处的庙宇、道观，以及蒋介石官邸等景点。

📍 兴隆山云龙桥雪景

📷 白塔山公园

白塔山公园位于兰州市城关区，靠近黄河北岸，因山上有座白塔而得名。白塔始建于元朝，共有七级，每级每角均有翘起的砖刻小龙头，下系风铃，随风飘荡，声清音脆。公园里还有黄河奇石馆、观音洞、十王殿等景点。

📍 兰州白塔山公园

兰州黄河铁桥又名中山桥,位于白塔山脚下,始建于清光绪年间。这是黄河上游的第一座桥,在此之前只能乘筏横渡黄河。铁桥长233.5米,是一座由美国设计、德国承建、中国工匠施工的钢架拱桥。如今是兰州的标志性建筑之一。

📍 兰州黄河铁桥与白塔山

📷 **甘肃省博物馆**

甘肃省博物馆位于兰州市七里河区,馆藏文物及古生物化石共计35万余件,以新石器时代彩陶、汉唐丝绸之路文物、古生物化石最有特色。博物馆内最出名的就是那匹踏在飞鸟上奔腾的铜奔马,又名马踏飞燕,还有留着齐刘海的人头彩陶瓶,那表情像极了生无可恋的打工人。

📍 马踏飞燕

📍 人头形器口彩陶瓶

敦 煌

鸣沙山
和月牙泉

dūn huáng tài shǒu cái qiě xián　　jùn zhōng wú shì gāo zhěn mián
敦 煌 太 守 才 且 贤，郡 中 无 事 高 枕 眠。

tài shǒu dào lái shān chū quán　　huáng shā qì lǐ rén zhòng tián
太 守 到 来 山 出 泉，黄 沙 碛 里 人 种 田。

dūn huáng qí jiù bìn hào rán　　yuàn liú tài shǒu gèng wǔ nián
敦 煌 耆 旧 鬓 皓 然，愿 留 太 守 更 五 年。

chéng tóu yuè chū xīng mǎn tiān　　qū fáng zhì jiǔ zhāng jǐn yán
城 头 月 出 星 满 天，曲 房 置 酒 张 锦 筵。

——岑参·《敦煌太守后庭歌》（节选）

雅丹
魔鬼城

莫高窟

敦煌太守不仅有才还很贤德，敦煌郡在他的治理下相安无事，居民也因此可以高枕无忧。自从太守来了之后，雪山之水被引到了此处，黄沙地也被种上了庄稼。太守在人们心中德高望重，哪怕他头发早已花白，可敦煌的百姓还是希望他能再留任五年。月儿升起星斗满天，后庭已经摆好了豪华酒筵。

这首诗中所描写的敦煌，和如今的敦煌可太不一样了。在这首诗里，我们很明显可以看出，唐代的敦煌，雪山上的水被引下来，形成一片生机盎然的绿洲。那时，这片土地沟渠遍地，瓜果芬芳，在大戈壁中流露出无限温柔。

敦煌，无论是在千年之前，还是现在，都是一个生命力顽强得令人不敢相信的城市。它的四周虽然是茫茫戈壁，黄沙飞扬，但在群山拥抱的天然小盆地中，党河雪水滋润着肥田沃土，绿树浓荫挡住了黑风黄沙。这里农作物旱涝保收，瓜果四季飘香。

明朝诗人王偁在敦煌给人送行时，虽然离别在即，气氛悲凉，但在他的种种描绘中，敦煌明净的景色跃然纸上：敦煌古道上，雪还未融化，沙漠中明月皎洁，空中的大雁越飞越远……

这里，有举世闻名的莫高窟，珍藏着令佛界动容的《大藏经》。这里的沙漠奇观神秘莫测，戈壁幻海光怪陆离。这里还是多种文化融汇与撞击的交叉点，中国、印度、希腊等文化在这里相遇。

在这个四面黄沙的地方，是怎样孕育出这颗璀璨的"艺术明珠"的呢？

这还得从东汉初年的一段历史说起。

东汉初年，匈奴的势力逐渐强盛，相继征服了西汉曾经管辖的大部分西域地区，丝绸之路被迫中断。后来，东汉王朝出兵收复了部分失地，派遣名将班超两次出使西域，与西域的其他国家重新建立友好关系，让断绝了65年的丝绸之路重新畅通。

到了十六国时期，群雄逐鹿中原，战火四起，百姓流离失所。这个时候，河西地区反而成了相对稳定的地区。于是，住在中原的大批学者和百姓纷纷背井离乡，逃到河西避难，他们的到来给河西地区带去了新鲜的文化和先进的生产技术。

尽管离开了战争之地，但百姓早已饱受战争之苦，他们有太多的伤心事了。而这时期的敦煌早已是河西地区的佛教中心，有大批高僧在此讲经说法，于是，百姓纷纷拜倒在佛的脚下，企望解脱苦难，过上幸福、安定的生活。

前秦建元二年（公元 366 年），著名高僧乐僔和尚来到了在三危山下的大泉河谷，在这里开凿石窟供佛，莫高窟从此诞生了。之后，开窟造佛之举延续了千百年，造就了闻名于世的敦煌艺术。

我们无法得知，究竟是敦煌成就了莫高窟的盛名，还是莫高窟让敦煌变得举世闻名。但这些并不重要，重要的是，在这里能得到艺术的熏陶，能感受到艺术的精神和魅力。站在戈壁的荒漠，仰望嵌在崖壁上的莫高窟，我们便能体会，无论外在的环境多么糟糕，能改变自己命运的力量，其实永远都只存在于自己的心中。

📍敦煌莫高窟九层楼

不到敦煌，我们或许永远无法想象，一座充满人文和艺术气息的繁华城市，竟然可以和茫茫戈壁相互交融，就像夏季沙漠中不可思议的海市蜃楼一般。在这一切都可能消失之前，要赶紧去亲眼一睹它的风采呀。

📷 鸣沙山和月牙泉

　　鸣沙山和月牙泉就像是一对孪生姐妹，在大漠戈壁中紧紧相依。鸣沙山位于敦煌市城南 5 千米，山体由流沙堆积而成，因沙动成响而得名。一湾月牙泉则在鸣沙山的环抱之中，形状酷似一弯新月，水深 4.2 米，澄清如镜。流沙与泉水之间仅仅相隔数十米，有鸣沙山的阻挡，就算沙漠中有狂风扫过，月牙泉也不会被流沙所掩埋。这种沙泉共处的独特景象，实在令人称奇啊。

📍 鸣沙山和月牙泉

📷 莫高窟

　　莫高窟又叫千佛洞，被誉为 20 世纪最有价值的文化奇观，有"东方卢浮宫"之称，以精美的壁画和塑像闻名于世。环顾洞窟的四周和窟顶，到处都画着佛像、飞天、伎乐、仙女……735 个洞窟，2000 多尊塑像，4.5 万平方米壁画，让在风沙中屹立了千年的莫高窟成为全人类宝贵的文明、艺术财富。

莫高窟彩塑佛像与壁画

雅丹魔鬼城

　　"雅丹"是维吾尔语，意思是有陡壁的小山。在地质学上，雅丹地貌指的是在风力作用下，地表经长期风蚀，形成一系列平行的垄脊和沟槽而构成的景观。敦煌的这处雅丹地貌的形成经历了 30 万~ 70 万年，每当大风刮过时，这里会发出各种怪叫声，因此被人们称为敦煌雅丹魔鬼城。这里看不见一草一木，只有被风蚀的岩石群，或像城堡建筑，或像动物雕塑，大自然的杰作在蔚蓝的天空下惟妙惟肖。

敦煌市雅丹魔鬼城景区

酒泉

酒泉鼓楼

shí lǐ yì zǒu mǎ wǔ lǐ yì yáng biān
十里一走马，五里一扬鞭。

dū hù jūn shū zhì xiōng nú wéi jiǔ quán
都护军书至，匈奴围酒泉。

guān shān zhèng fēi xuě fēng shù duàn wú yān
关山正飞雪，烽戍断无烟。

——王维·《陇西行》

祁连山
国家公园

西汉酒泉
胜迹

军情十万火急，军使跃马扬鞭，风驰电掣般一闪而过。都护长官的军书及时送到，匈奴人已将酒泉团团包围。接到军书之后，将军举目望去，却见漫天飞雪，白茫茫一片，烽火台因为恶劣的天气已无法报警。

提到酒泉，许多人可能会联想到酒泉卫星发射中心，以为这是个年轻的城市。实际上可不是这样哦，酒泉地区可是我国西部土地开发利用最早的区域之一。

酒泉西接新疆，自西汉时期，这里就是中原通往西域的必经之路，著名的丝绸之路横贯全境。

传说在2000多年前的西汉时期，霍去病征战西域，大败匈奴，汉武帝特赐御酒犒赏，霍去病认为功在全军，自己一人独饮甚为不妥，又因酒少人多，无法一一分享，于是将御酒倒入金泉，然后与将士们共饮泉水，官兵同乐，万众欢呼。此事一时成为佳话，广为流传。

从那以后，金泉便改为酒泉。

据说，今天的酒泉水依然清凉甘澈，沁人心脾呢。

这口泉眼如今位于酒泉公园内，它冬季不冻，夏日清凉可口，宜于饮用。绕过泉边，沿曲径再往里走，一座座假山环绕着一个明净如镜的湖泊。一座高大的石拱桥，把湖面一分为二。湖面上有九曲桥等景致。到了冬天，湖面结冰，这里又成了很好的滑冰场。

酒泉有高山丘陵，有大漠戈壁，还有绿洲草原，这三种看似毫无关系的地貌，构成了酒泉地区独特的自然风景。大自然的神工鬼斧，在这里创造出众多山川形胜，蔚为壮观。

酒泉南部有祁连山，层峦叠嶂，绵亘千里；北部的马鬃山，岩石嶙峋，戈壁广布；而中部走廊的平原上，每一片绿洲都是一个花果乡，每一片田野都是一个米粮仓。在如碧毯般美丽的草原上，马群和羊群像朵朵白云飘过，草原面积更居甘肃省之冠。

pú táo měi jiǔ yè guāng bēi　　yù yǐn pí pá mǎ shàng cuī
葡 萄 美 酒 夜 光 杯，欲 饮 琵 琶 马 上 催。
zuì wò shā chǎng jūn mò xiào　　gǔ lái zhēng zhàn jǐ rén huí
醉 卧 沙 场 君 莫 笑，古 来 征 战 几 人 回。

—— 王翰·《凉州词》

还记得这首绝妙的《凉州词》吗？词中描写的夜光杯，正是产自酒泉。酒泉夜光杯是用玉雕琢而成，当把盛满美酒的夜光杯放在月光下，杯中就会闪闪发亮，夜光杯由此而得名。千百年来，制作夜光杯的玉料都来自距酒泉300多千米的祁连山中。

来一趟酒泉，既可以看见祁连山银装素裹的冰川雪景，又可以欣赏碧波万里的平原绿洲，运气好的话，还能一睹沙漠戈壁中的海市蜃楼。

当我们沉浸在这里如诗如画的美景中时，多半想不到，一旦走出这里，踏入的便是茫茫戈壁。

通往祁连山雪峰的公路

📷 酒泉鼓楼

酒泉鼓楼坐落在酒泉老城区的中心，距今已有 1600 多年的历史。它由台基和木楼两部分构成，共三层的木楼，建于高大的墩台上，整体高 24.3 米，挺拔雄伟，巍峨壮丽。木楼的东西两面，分别挂着"声震华夷""气壮雄关"的巨幅匾额。

夜幕下，亮起灯光的鼓楼散发着古今结合之美。

夜幕下的酒泉鼓楼

📍西汉酒泉胜迹内的古泉眼

📷 西汉酒泉胜迹

西汉酒泉胜迹又叫酒泉公园，位于酒泉市东 2000 米处，是河西走廊唯一一座保存完整的汉式园林。

公园里有酒泉胜迹、月洞金珠、祁连澄波、烟云深处等八大景区，园内有泉有湖，有山有石，还有参天的古树名木，掩映着雕梁画栋的亭台楼阁，比江南的古典园林又多了一份厚重与清幽。

祁连山国家公园

祁连山国家公园位于甘肃、青海两省交界处，平均海拔 4000 ~ 5000 米，高山积雪形成了它奇丽壮观的冰川地貌。一般情况下，海拔 4000 米以上的地方，称为雪线，冰天雪地，万物绝迹。然而，祁连山的雪线之上，却会出现反常的生物奇观。在浅雪的山层之中，有一种名为雪山草甸植物的蘑菇状蚕缀，还有珍贵的药材高山雪莲，以及一种生长在岩石下的雪山草。蚕缀、雪莲、雪山草合称祁连山雪线上的"岁寒三友"。

📍 祁连山下的牧场

玉门关

玉门关
遗址

huáng hé yuǎn shàng bái yún jiān　yí piàn gū chéng wàn rèn shān
黄 河 远 上 白 云 间 ，一 片 孤 城 万 仞 山。
qiāng dí hé xū yuàn yáng liǔ　chūn fēng bú dù yù mén guān
羌 笛 何 须 怨 杨 柳，春 风 不 度 玉 门 关。

——王之涣·《出塞》

海市蜃楼

玉门关
日出

远远奔流而来的黄河，好像与白云连在一起。玉门关孤零零地耸峙在高山之中，显得孤峭冷寂。何必用羌笛吹起那哀怨的曲调，去埋怨春光迟来呢？原来春风是吹不到玉门关一带的啊！

　　王之涣的这首《出塞》生动描绘出旷远荒凉的塞外风光，尽情倾诉了戍边将士的疾苦。

　　大唐盛世，长安城繁华得让世界所有人都心向往之，在歌舞升平之中，人们似乎遗忘了，在远离国都的千里之外，玉门关孤零零地耸峙在高山之中，它和那里的将士们是那么的孤独冷寂。

　　唐代诗人王昌龄在《从军行》中，也描绘了战士们在玉门关保卫祖国的战争生活。

qīng hǎi cháng yún àn xuě shān
青 海 长 云 暗 雪 山，
gū chéng yáo wàng yù mén guān
孤 城 遥 望 玉 门 关。
huáng shā bǎi zhàn chuān jīn jiǎ
黄 沙 百 战 穿 金 甲，
bú pò lóu lán zhōng bù huán
不 破 楼 兰 终 不 还。

　　在黄沙中频繁战斗，守边将士身上的铠甲都已经磨穿了，而他们却仍然壮志不灭，不打败进犯之敌，誓不返回家乡。

　　玉门关始建于汉武帝时期，是汉朝时极为重要的屯兵之地，是通向哈密、吐鲁番的门户要道。西汉张骞出使西域，通过玉门关，中原的丝绸和茶叶等物品源源不断地输向西域各地，西域诸部的瓜果蔬菜和宗教文化也相继传入中原。当时的玉门关，驼铃悠悠，人喊马嘶，商队络绎，使者往来，一派繁荣景象。

关于"玉门"这个名称的来历，还有个有趣的传说。

古时候，在甘肃小方盘城的西面，有个名叫马迷途的驿站，因为这里地形太复杂了，马队走到这里常常会迷失方向。

有一支专门贩卖玉石和丝绸的商队，不出意外地在马迷途迷路了。正当大家焦急万分的时候，天上突然掉下来一只饥饿的大雁。商队里有个小伙子懂得雁语，于是他拿出自己的干粮和水救了它。大雁吃饱后，飞上天空，带领商队走出了马迷途。

后来，商队再次经过马迷途的时候，又迷路了，那只大雁又及时地出现。它飞在空中叫着："咕噜咕噜，商队迷路。咕噜咕噜，方盘镶玉。"那只救过大雁的小伙子听懂了大雁的话，他转告老板说："大雁叫我们在小方盘城上镶上一块夜光墨绿玉的玉石，这样有了目标，就不会迷路了。"老板听后，心里一盘算，一块夜光墨绿玉要值几千两银子，实在舍不得，就没有答应。

没想到第三次商队又在马迷途迷路了，好几天找不到水源，一队人生命危在旦夕，此时，那只大雁又飞来了，并在上空叫道："商队迷路，方盘镶玉。不舍墨玉，绝不引路。"

　　老板慌了，连忙跪着向大雁起誓"一定镶玉，绝不食言"，大雁听后，在空中旋转片刻，又一次为商队引路。

　　到达小方盘城后，老板立刻挑了一块最大、最好的夜光墨绿玉，镶在关楼的顶端，每当夜幕降临之际，这块玉便发出耀眼的光芒，方圆数十里之外都看得清清楚楚，过往商队有了目标，再也不会迷路了。从此，小方盘城就改名玉门关。

　　再美丽的传说，也抵不过岁月的变迁，王莽篡位后不久，丝路中断，玉门关就此封闭。

　　两千多年来，随着时间的流逝，玉门关关口湮没，城墙坍塌，已沦为人迹罕至的废墟，昔日车水马龙、驼铃声声的繁华景象，也终究只留在了史书的只言片语之中。世间千变万化，沧海桑田，玉门关却好像始终凝固了一样，渐渐被世界遗忘在了时光的角落里。

　　但孤傲的玉门关，却似乎并不愿服从命运的安排。1907年，冒险家斯坦因在这片戈壁的黄沙中挖出了许多汉简，于是玉门关再一次出现在世界面前。

　　今日的玉门关，不再孤单。它的遗世独立，它的沧桑孤绝，它的傲然不屈，都深深地吸引着人们不远千里地前去膜拜，去瞻仰，去用灵魂触摸那屹立了两千多年的孤城与古老的战魂。

玉门关遗址

　　玉门关遗址在距离敦煌 80 千米的一片戈壁滩上，关城用黄土垒就，城墙保存完好，西边和北边各开一扇门。

　　玉门关周围遍布沙砾，放眼望去，满目疮痍，这里没有舒适的休息房间，没有喧嚣的街市，甚至就连到这里来的旅途，也必定是颠簸不已，戈壁的狂风是这里的主人。但，这些无法阻止人们想一睹玉门关真容的心情，虽只剩下一片残垣断壁的玉门关，却依旧能让人感受到深邃而悲壮的美。

📍 敦煌市玉门关遗址

玉门关日出

想要观看世间最美的景色，总是要付出一定代价的。而玉门关的日出，绝对值得你忍受戈壁清晨的寒冷和寂寞。当太阳冉冉升起时，光明瞬间驱散了弥漫在大戈壁上那无边的黑暗与荒凉。玉门关也逐渐被镀上一层金色，泛着柔美的光、让人心生欢喜，迎接希望。

📍 玉门关日出

海市蜃楼

要说戈壁滩最不能错过的奇景，一定是海市蜃楼。在从敦煌去往玉门关的路上，当太阳狂热地照在戈壁滩上时，你或许会惊奇地发现，晴空碧云之下，荒凉戈壁之中，突然出现了一个湖泊，隐约之中，不可触摸，还可以看到树，三三两两，枝干笔直，树叶下垂，有点像西北常见的杨树。透过树林，似乎有黄色的房屋，矮矮的，像个土包。而这从天而降的景色，正是让旅人迷茫的海市蜃楼。

阳关

阳关博物馆
出关仪式

wèi chéng zhāo yǔ yì qīng chén　　kè shè qīng qīng liǔ sè xīn
渭城 朝雨浥轻尘，客舍青青柳色新。
quàn jūn gèng jìn yì bēi jiǔ　　xī chū yáng guān wú gù rén
劝君更尽一杯酒，西出阳关无故人。

——王维·《送元二使安西》

阳关烽燧
遗址

阳关大道骑马
沙漠游

122

早晨，渭城刚下了一场雨，雨水湿润了地上的沙土，空气也变得明净起来。刚刚抽出新芽的柳枝，被雨水打湿，显得更绿了。在渭城的一家酒店里，王维与元二依依惜别。王维劝元二再喝一杯酒："出了阳关，就很难见到我这位好朋友了。"

阳关始建于汉武帝元鼎三年（公元前114年），西汉王朝为抗击匈奴，经营西域，在河西走廊设置了武威、张掖、酒泉、敦煌四郡，同时建立了玉门关和阳关。阳关是通往楼兰的必经之地。

自西汉以来，各个王朝都把这里作为军事重地派兵把守。无数的将士曾在这里戍守征战；无数的商贾、僧侣、使臣、游客曾在这里验证过关；还有无数的文人墨客面对阳关感慨万千。宋代诗人王洋写下一首长诗《明妃曲》讲述了昭君出塞的故事，王昭君入胡就曾途经阳关。节选如下：

máng máng hàn sài lián shā mò　　　liǔ sè yáng guān duàn cháng chù
芒 芒 汉 塞 连 沙 漠， 柳 色 阳 关 断 肠 处。
gù xiāng qiān mò xiǎng yī rán　　　mǎ shàng pí pá xiàng shuí yǔ
故 乡 阡 陌 想 依 然， 马 上 琵 琶 向 谁 语。

和玉门关一样，阳关的繁华也被黄沙掩埋了。

宋朝以后，来自白龙堆的流沙逼着人们东撤，阳关被无情的沙海掩埋。就这样，昔日的阳关现在只剩下墩墩山上被称为"阳关耳目"的一座烽燧。

登上烽燧的顶部，方圆数十里的风景都尽收眼底。南侧是一片巨大的凹地，人称古董滩，到处可见碎瓦残片，是当年历史的见证。

　　古董滩流沙茫茫，一道道错落起伏的沙丘从东到西自然排列成 20 余座大沙梁，沙梁之间是砾石平地。汉唐陶片，铁砖瓦块，遍地都是。

　　如果你找到了颜色乌黑、质地细腻、坚硬如石的砖块，可千万不要小瞧它呀！昔日有名的阳关砚就是用这种铁砖磨制的。它曾是阳关城墙上的砖块，被称为阳关砖，用它做的砚台便叫阳关砚。如果你运气够好的话，还可能会捡到金、银、玛瑙、五铢钱、陶器、箭头、铁刀片……这简直是一次货真价实的寻宝探险啊！难怪当地人都说："进了古董滩，空手不回还。"

📍阳关古董滩

　　古董滩上的古董为什么这么多呢？

　　相传唐天子为了和西域的于阗保持友好和睦的关系，将自己的女儿嫁给了于阗首领。皇帝下嫁公主，自然要送好多嫁妆。金银珠宝，钱币绸缎，应有尽有。送亲队带着嫁妆，长途跋涉来到了阳关。

当时这里还是绿树掩映的城镇、村庄、田园。因为出了阳关便是戈壁沙漠，路途艰难，所以送亲队伍便在此地歇息休整。不料，晚上狂风大作，黄沙四起，天黑地暗。

这风沙一直刮了七天七夜。待风停沙住之后，城镇、村庄、田园、送亲的队伍和嫁妆全部被埋到了沙丘下。从此，这里便荒芜了。

后来大风刮起，流沙移动，沙丘下的东西就逐渐露出了地面。

自古以来，阳关在人们心中总是凄凉悲惋、寂寞荒凉的象征。今天，在烽火台高耸的墩墩山上，人们修建了名人碑文长廊。漫步在长廊里，既可欣赏当代名人的诗词书法，又可凭吊古阳关遗址，还可以远眺绿洲、沙漠、雪峰等自然风光。

当代散文大家余秋雨在他的散文《阳关雪》中是这样描写阳关遗址的："所谓古址，已经没有什么故迹，只有近处的烽火台还在，这就是刚才在下面看到的土墩。土墩已坍了大半，可以看见一层层泥沙，一层层苇草，苇草飘扬出来，在千年之后的寒风中抖动。眼下是西北的群山，都积着雪，层层叠叠，直伸天际。任何站立在这儿的人，都会感觉到自己是站在大海边的礁石上，那些山，全是冰海冻浪。"

📷 阳关博物馆出关仪式

我们如果到了阳关博物馆，能看到仪仗队穿着汉代守关将士的服装，在关城门前列两队迎接，还原古代战士守关的场景。入关后，由讲解员带领着参观文物陈列厅、办理通关文牒。当验完通关文牒准予出关时，会有 8 名"飞天"姑娘，伴随着古乐欢快地表演送别舞蹈，舞毕敬阳关美酒，为你再现"劝君更尽一杯酒，西出阳关无故人"的送别场面。

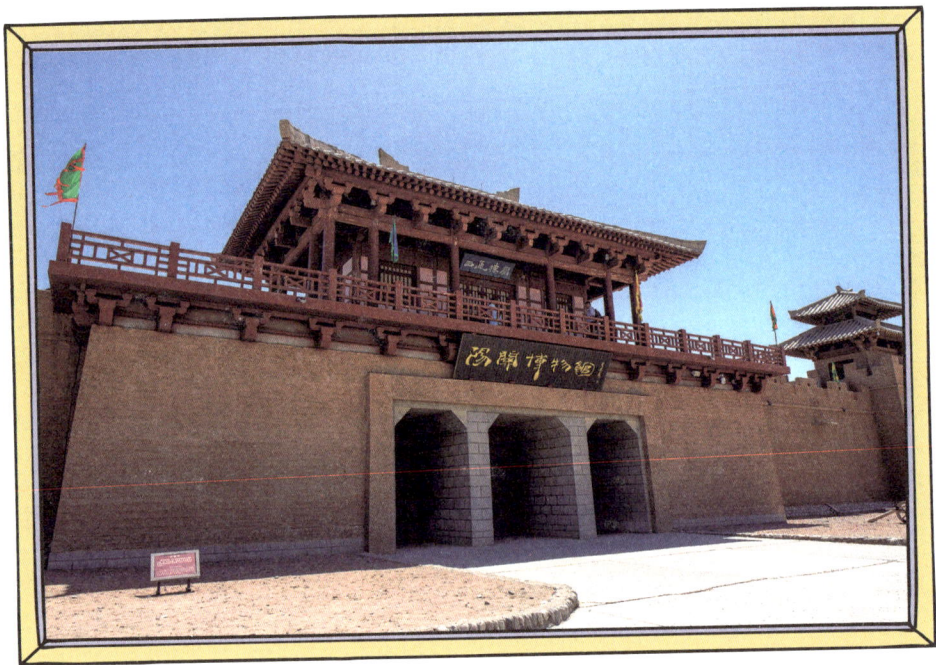

📍 阳关景区内的阳关博物馆

📷 阳关大道骑马沙漠游

参观完博物馆后，我们可以骑马到阳关烽燧遗址，从此处出发，踏上真正的古阳关大道，向沙漠深处进发。骑着马，沿着古丝绸之路，途经古董滩，伴着马铃声沉浸式体验茫茫沙漠中商旅马队赶路的感觉。阳关大道的尽头是哪里？快去大漠中找答案吧。

📍 阳关道石碑

📍 阳关烽燧遗址

📷 **阳关烽燧遗址**

在古阳关烽燧处看日出、日落是一种绝佳体验，能在这里亲眼看到"大漠孤烟直，长河落日圆"的名场面。天高地阔，让人心情放松，精神愉悦。

明月出天山，苍茫云海间。

天山

白日登山望烽火，黄昏饮马傍交河。

交河城

愿将腰下剑，直为斩楼兰。

楼兰

天池

八骏日行三万里，
穆王何事不重来。

火焰山

火山突兀赤亭口，
火山五月火云厚。

第五辑：西域风土
——异域风情谁能拒绝

火焰山

火焰山
风景区

huǒ shān tū wù chì tíng kǒu
火山突兀赤亭口，

huǒ shān wǔ yuè huǒ yún hòu
火山五月火云厚。

huǒ yún mǎn shān níng wèi kāi
火云满山凝未开，

fēi niǎo qiān lǐ bù gǎn lái
飞鸟千里不敢来。

——岑参·《火山云歌送别》（节选）

葡萄沟

火焰山突兀地矗立在赤亭口，五月，山上的火云已堆积了厚厚一层。这些火云炎炎逼人，好像凝固在山上无法散开，即便在千里之外的飞鸟，也不敢从这里飞过。

提到火焰山，首先想到的都是《西游记》。

在唐僧师徒四人去西天取经的路上，有座火焰山，这里有八百里火焰，四季炎热，周围寸草不生。若想过火焰山，就是铜头铁身恐怕也要化成汁。

孙悟空为了熄灭这山上的火焰，他智斗牛魔王，三借芭蕉扇，冲着火焰山攒足了劲儿，扇了七七四十九下，果然，有火处下雨，无火处天晴，师徒四人就这样翻过了火焰山，向西天取经而去。

故事中所提到的火焰山，正是诗人岑参笔下"飞鸟千里不敢来"的火山。它位于吐鲁番盆地的中部，最高处的海拔851米，主峰位于鄯善县连木沁镇西12千米处。维吾尔语称火焰山为"克孜勒塔格"，也就是红山的意思。

虽然我们现实中所看到的火焰山，跟电视剧里的火焰山有一点点不同。但是，来到这里，你一定不会感到失望，因为现实中的火焰山比起《西游记》中所描述的景色，绝对不逊色。明代诗人陈诚写诗感叹火焰山的酷热，说这里怕不是被祝融施了法，春天的温度就已经像是炎炎夏日了。

一片青烟一片红，炎炎气焰欲烧空。

春光未半浑如夏，谁道西方有祝融。

　　火焰山重山秃岭，寸草不生。如果我们盛夏去那里游玩，就会看见红日当空、地气蒸腾、烟云缭绕的景象。

　　据说，旧时这里的县太爷每到盛夏，都必须泡在盛满凉水的水缸里处理公务。而老百姓则会挖地穴，躲在里面等到太阳落山再外出劳作。到现在，这里还能看到许多建在地面以下的地窝子和半地窝子。

　　以前人们在盛夏开车路过火焰山时，车里若没有空调的话，驾驶员一定头顶一块湿毛巾全速冲过火焰山。当地人说，在太阳直射时，这里的地表温度最高会达到70℃，在这么高的温度下，磕个鸡蛋放在地上，几分钟鸡蛋就熟了。

　　关于火焰山，当地维吾尔族人还有一个传说：

　　古时候，天山深处有一条恶龙，专吃童男童女，当地百姓终日惶恐不安。年轻的英雄哈拉和卓决心降伏恶龙，为民除害。他手持宝剑与恶龙大战三天三夜，终于在七角井将恶龙斩为两截。恶龙满身是血地在地上打滚，哈拉和卓又挥舞宝剑将恶龙斩为七截，满身鲜血的恶龙化成一座山，维吾尔族人管这座山叫"克孜勒塔格"。

📍 新疆火焰山

　　恶龙身上的七条伤痕化作七条山沟，七条山沟流出了七股清泉，这就是今天的葡萄沟、木头沟、吐峪沟、桃尔沟、连木沁沟、干沟、树柏沟。

　　在火焰山待不下去了就去葡萄沟凉快凉快吧！葡萄沟的整条峡谷都被葡萄藤覆盖着，风一吹，就像一条波浪翻滚的绿色河流。置身其中，凉意丝丝袭来，就像一首歌中所唱的那样——火焰山，你的一半是地狱，而另一半，却远在天堂之上。

🎥 火焰山风景区

火焰山风景区分为地上的自然景观和地下的人文景观。

刚进入景区，就能在入口处看到唐僧师徒四人、牛魔王、铁扇公主的大型雕像立于茫茫黄沙之中，浓浓的神话氛围裹着热浪迎面袭来。

📍 火焰山
风景区雕像

📍 火焰山风景区金箍棒温度计

往景区里走，可以看到一根高 12 米的金箍棒立在景点中央，这根金箍棒其实是世界上最大的立体造型温度计，可实测 100℃ 以内的地表温度。如果你不惧热浪来到景区，一定要在巨大的"金箍棒"前拍照，这可是来到火焰山的必打卡点呢！

火焰山风景区的地宫游览区里有一条西游文化长廊，用24幅浮雕作品再现了唐僧师徒四人的取经之路。地宫还用壁画的形式介绍了吐鲁番市风土人情和历史渊源等。

火焰山风景区地宫浮雕

📷 葡萄沟

葡萄沟是一条长约7千米，宽约2千米的峡谷，数条葡萄长廊深邃幽静，两面山坡上，梯田层层叠叠，葡萄园连成一片，到处郁郁葱葱的。这里还有桃、杏、梨、桑、苹果、石榴、无花果等各种果树，一幢幢极具特色的农舍就掩藏在浓郁的绿荫之中。如果你夏天来到葡萄沟，便可以在凉风习习中嗅到瓜果飘香，这里是火洲吐鲁番避暑的天堂。

吐鲁番葡萄沟景区长廊

交河城

交河故城
遗址

苏公塔

交河古村

bái rì dēng shān wàng fēng huǒ　huáng hūn yìn mǎ bàng jiāo hé
白日登山望烽火，黄昏饮马傍交河。
xíng rén diāo dǒu fēng shā àn　gōng zhǔ pí pá yōu yuàn duō
行人刁斗风沙暗，公主琵琶幽怨多。

——李颀·《古从军行》（节选）

白天登上高山观察四方有没有烽火，黄昏时候又到交河边上放马饮水。在风沙弥漫的昏黄夜色中，士兵们敲击着刁斗巡逻，而和亲公主曾弹过的琵琶乐声，则充满了深深的哀愁。

唐代诗人李颀在这首诗中描绘的军营场景，发生在吐鲁番往西的交河故城。为什么我们要把这座城市称为"故城"，而不是"古城"呢？

古城与故城的不同在于，古城是古老而现存的尚具有生命力的城市，故城是古老而现已废弃的城市遗迹。交河故城现在已经是一座被废弃的城市，但你肯定想象不到，这里昔日是多么的富足和繁华。

从前，有两条东西流向的河流在这里交汇，所以便将建造的城池取名交河城。曾经的交河故城巍然屹立于一座黄土高台之上，四周都是高达 30 余米的壁立如削的崖岸，崖下是干涸的河床。

交河故城以悬崖为屏障，没有筑造城墙，因此当地人也称其为崖儿城。明代吏部员外郎陈诚曾有《崖儿城》诗，来描写交河故城的险要地势。

shā hé sān shuǐ zì jiāo liú　　tiān shè wēi chéng shuǐ shàng tóu
沙河三水自交流，　天设危城水上头。

duàn bì xuán yá duō xiǎn yào　　huāng tái fèi zhǐ jǐ chūn qiū
断壁悬崖多险要，　荒台废址几春秋。

交河故城还是丝绸之路的交通重镇，汉代班超父子、唐代玄奘法师及边塞诗人岑参都曾到过这里，留下千古佳话和不朽诗章。唐朝诗人岑参曾作诗《天山雪歌，送萧治归京》形容这里冬天的苦寒景象：

jiāo hé chéng biān fēi niǎo jué　　lún tái lù shàng mǎ tí huá
交 河 城 边 飞 鸟 绝，轮 台 路 上 马 蹄 滑。
àn　 ǎi hán fēn wàn lǐ níng　　lán gān yīn yá qiān zhàng bīng
晻 霭 寒 氛 万 里 凝，阑 干 阴 崖 千 丈 冰。

可惜，经历了千年风霜的摧蚀，曾经雄浑壮丽的景象早已烟消云散，现在这里只留着残垣断壁仍在诉说着过往的历史。

吐鲁番交河故城局部

交河故城是公元前 2 世纪到 5 世纪由车师人开创和建造的。

汉武帝元封三年（公元前 108 年），汉将赵破奴攻破车师，车师分裂成车师前国和车师后国，交河故城从此作为车师前国的都城。

公元 450 年，车师前国被北凉所灭。交河从此成为高昌王国辖下的交河郡治。

到了唐代，唐太宗派兵灭高昌王国后，在此设交河县，并于贞观十四年（公元 640 年）在这里设置了安西都护府，交河城自此成为西域军事要塞。

公元 8 世纪中叶到 9 世纪中叶，交河城一度为吐蕃人所据。后又成为回鹘高昌王国属地，设交河州。

13 世纪下半叶，西北蒙古贵族发动战争，率领铁骑 12 万进攻交河，交河城损失惨重。

公元 1383 年，交河城在战火中消亡。

交河故城经历了多么漫长又动荡的历史呀，曾经，交河东西环水，状如柳叶，为一河心小洲。然而，与新疆大部分地区一样，曾经绿水环绕、树木成荫的交河城随着战火纷争逐渐破败，土地虽残存着，可人们却远离了，直至变成一座死城，变成一堆黄土。

如今，当我们站在这座昔日繁华的交河城前放眼望去，这座故城只有一些城基和断壁残垣，但当年的市井格局、官署、寺院、佛塔、坊曲街巷等仍历历可辨。

触摸着那些历经世事沧桑的断壁残垣，我们仿佛依然可以看到，交河女子织布时绽开的笑颜，交河男子耕种时洒下的汗水，交河孩子玩耍时的童真，以及交河僧人诵经时流露出的无比虔诚。

岁月无情地消逝，交河故城正渐渐地在时光的飞逝中隐去轮廓。趁它还没完全消失之前，我们赶紧去一睹它的真颜吧。

📍 吐鲁番交河故城遗址

📷 交河故城遗址

　　交河故城遗址在吐鲁番市以西约 13 千米处。千百年风雨沧桑之后，交河故城的主体建筑、基本格局至今尚存。更令人难以置信的是，如此规模巨大的一座故城，并非一砖一瓦平地筑起，而是在两河相抱的一处险峻峭拔的土岛上，向下挖出街道、官衙、民居、寺院、城门。整个城市仿佛一组庞大的雕塑，巍然壮阔，堪称世界建筑史上的奇迹。

　　而交河故城之所以得以保留，除了吐鲁番特殊气候外，更重要的是，这座城市从上向下挖出后，每一处地方都用夯土垒实，基础打得非常牢。

交河古村

交河古村位于交河故城脚下古老维吾尔自然村落之一的亚尔果勒村，是一个展示维吾尔原生态民居建筑、民俗风情和交河历史文化的大型旅游景区。

📍 交河古村一角

苏公塔

苏公塔位于吐鲁番市东郊 2000 米处的葡萄乡木纳尔村，建于乾隆年间，是为了纪念清朝吐鲁番王府第一代郡王、大清辅国公额敏和卓而建。这座塔造型别致，塔身是下宽上窄的圆柱形，塔内没使用一根木料，而是在塔的中心用砖砌出 72 级螺旋式阶梯当作中心柱，可以通过这个楼梯攀登至塔顶。

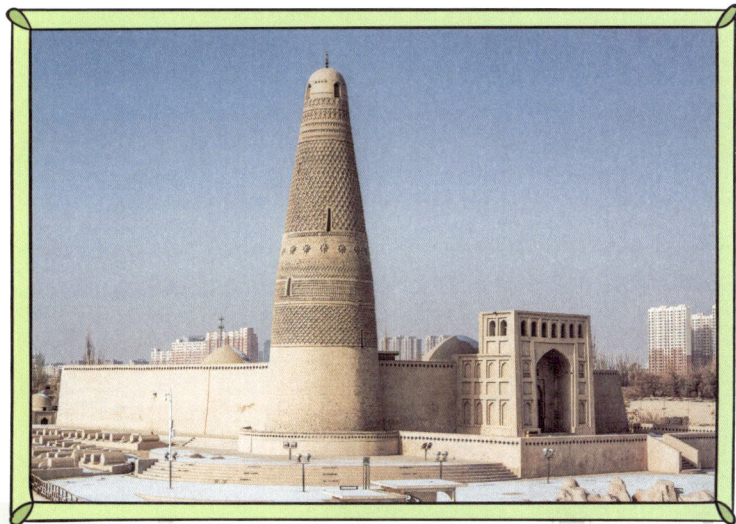

📍 全国重点文物保护单位 苏公塔

天 山

天山
神秘大峡谷

míng yuè chū tiān shān　cāng máng yún hǎi jiān
明月出天山，苍茫云海间。
cháng fēng jǐ wàn lǐ　chuī dù yù mén guān
长风几万里，吹度玉门关。

——李白·《关山月》（节选）

天山石林

征战沙场的将士们戍守在天山之西，回首东望，只见一轮明月从天山升起，穿行在苍茫的云海之间。将士们身在西北边疆，于月光下遥望故园时，但觉长风浩浩，好似掠过几万里中原国土，往玉门关而来。

天山，自古以来有雪山、白山等诸多称号。

从史前直到现在，人类从未停止过连接天山东西及南北的脚步，其中东西向的道路便是闻名遐迩的丝绸之路。

中国有句成语，叫作"筚路蓝缕，以启山林"，意思是指驾着简陋的车，穿着破烂的衣服去开辟山林。而这句成语，用来形容当年开辟天山之路的古人，真是再合适不过了。

据说，在我们熟知的唐僧西天取经的故事中，唐玄奘也经过了天山。当他行走到荒无人烟的莫贺延碛，也就是今天甘肃与新疆交界的大戈壁时，首先看到了一片被冰河覆盖的险峻山岭——天山。这里，是玄奘当年走出中国国门的最后一段路，而这段路一定走得异常艰难。

在天山上，常年冰雪聚集，堆积成凌块，甚至冻成一片。人在天山上抬头只能看见白茫茫的一片，无边无际。山上冰峰崩塌下来，堆积在路旁，有的高达百尺，有的宽达数丈。因此山路崎岖，登攀十分艰难，加上这里的天气常常很恶劣，风雪交加，行人就算穿上厚厚的鞋袜，套上重重的皮衣，也还是会冻得发抖。

如今我们来到这里，可以利用先进的现代装备去感受到天山的美和神圣。但在古人的心中，这座大山在圣洁的外表下，藏着一颗比恶魔还要可怕的"内心"，这

天山脚下

座远看光彩夺目的大山，走进时却是残酷的、无情的，它仿佛不是人间之物，要将所有靠近它的人们一一吞噬。

即便是玄奘这样的探险家，也只敢沿着山边，小心地绕行过去。那时，就算是生活在天山脚下的原住民，也没有多少人敢进入天山深处，生怕触怒了山上的神灵。

那时，天山唯一为人所知的，是传说中万金难求的天山雪莲。据说它生长于天山山脉海拔 4000 米左右的悬崖陡壁上、冰碛岩缝中。那里气候奇寒，终年积雪不化，空气稀薄缺氧，一般植物根本无法生存，而雪莲却能在零下几十摄氏度的严寒中傲霜斗雪、顽强生长。

这种独有的生存习性使天山雪莲极其稀有，以至于人们纷纷传说，天山雪莲千年方能一遇，能够包解百毒，是百草之王，药中极品。

神奇的天山，在无数古人的心中，都是西域最为神秘的存在！许多武侠小说里都流传着"天山"的相关传说，甚至创造了一个神秘的武林组织——"天山派"。而天山本身，也和这个神秘门派一样，好似天女在无意间撒下的一卷彩绸，顺着九天的银河落到人间。

不到天山，恐怕无法想象，在这个世界上，竟然还有如此如诗如画的地方。它的神秘、它的美丽、它的空灵、它的摄魂夺魄，都深深地震撼了这个世界。

天山雪莲

📍 天山神秘大峡谷

天山神秘大峡谷

　　天山神秘大峡谷是天山支脉克孜利亚山中的一条峡谷，大峡谷的山体是红褐色的，高耸入云，在阳光照射下，犹如一簇簇燃烧的火焰。谷内奇峰异石千姿百态，数不胜数。

　　天山大峡谷入口的内侧，一处突兀的崖壁上，有一黑色"神犬"面向峡谷而卧，故名"神犬守谷"。最让人惊奇的是，在一般季节"神犬"是黑色的，可每到七八月份这只"神犬"就会由黑色变成黄褐色。

📷 天山石林

　　石林位于天山山脉西段，放眼望去，在雪峰环抱中，好像有一片原始森林散落在一条深谷两面的山坡上，走近一看，原来这里挺立的不是松柏，而是一片亭亭玉立的"石林"。大自然的鬼斧神工，把石林雕刻得奇形怪态，千姿百态，有的像"欧洲古堡"，有的像"宝剑出鞘"，有的像"行人走兽"……

📍 新疆天山石林地质公园

天池

天池石门

yáo chí ā mǔ qǐ chuāng kāi　 huáng zhú gē shēng dòng dì āi
瑶 池 阿 母 绮 窗 开， 黄 竹 歌 声 动 地 哀。

bā jùn rì xíng sān wàn lǐ　 mù wáng hé shì bù chóng lái
八 骏 日 行 三 万 里， 穆 王 何 事 不 重 来。

——李商隐·《瑶池》

海峰晨曦

南山望雪

约定的日期已到，可心上人还是没有露面，住在瑶池的西王母不由得打开绮窗向山下眺望，山下却传来阵阵搅动大地的哀歌。细细一听，这哀歌是那穆天子所作的《黄竹歌》。穆天子啊，你有日行三万里的八匹骏马，为何不再来和西王母相会呢？

李商隐的这首诗，讲的是在唐代广为流传的一个神话故事。传说西王母在瑶池宴请周穆王，两人边饮美酒边吟诗对歌，渐渐地彼此心生好感。后来周穆王东去，西王母为了排遣忧愁，便用法术将湖水变成一面镜子摆在天山之上。

而李商隐的诗中所提到的瑶池，就是今天天山上的天池。在神话传说中，西王母所住的瑶池，仙雾缭绕，鲜花四季不谢。可当我们真正看见天池的真面目时才发现，现实的景色，竟比传说之中还要美丽百倍。

天池风景区以天池为中心，有高山湖泊、湿地草甸、森林峡谷等景观，形成别具一格的风光特色。天池湖面呈半月形，水面开阔无比，晶莹如玉，四周群山环抱，绿草如茵，素有"天山明珠"的盛誉。在天池周围，环绕着挺拔、苍翠的云杉、塔松，这些树木漫山遍岭，遮天蔽日，是极好的自然氧吧。

站在高处，举目远望，能看到一片绿色的海浪此起彼伏，而天池这一泓碧波就高悬在半山腰，像一只玉盏被岩山的巨手高高擎起。整个风景区内湖光山色，美不胜收。

📍新疆天山天池风光

天池本身有三处水面，除了主湖面以外，东西两侧还另有两处小池子。东边的叫作黑龙潭，传说是西王母沐浴梳洗的地方，在它的一侧有悬崖百丈，一道瀑布飞流直下，犹如银川一般从天而降。主湖的西边是玉女潭，相传西王母时常在此沐足。玉女潭的形状好像一轮圆月，池水清澈幽深，潭水的四周还围绕着一圈塔松，倒映在碧波之中，静影沉璧，令人陶醉。在玉女潭的一侧也飞挂着一条瀑布，有数十米之高，水流落下时如吐珠溅玉。

这样的美景，简直就像一幅神秘而宏伟的画卷啊，也难怪宋代诗人陆游极尽想象，如痴如醉地幻想着神仙在天池举办瑶池宴会的场景。

bàn zuì líng fēng guò yuè páng
半醉凌风过月旁，

shuǐ jīng gōng diàn guì huā xiāng
水精宫殿桂花香。

sù é dìng fù yáo chí yàn
素娥定赴瑶池宴，

shì nǔ jiē qí bái fèng huáng
侍女皆骑白凤凰。

若是来到这里，或许你也会怀疑西王母是不是真的在这里生活过。因为，这天池，实在美得不似人间景色。无风之时，那如镜的湖面，倒映着雪峰，倒映着天空，就好似镶嵌在雪山之中的蓝宝石一般，毫无瑕疵。

天池中的湖水是由周围高山融雪汇集而成，水质清纯怡人，每到盛夏，湖周繁花似锦，但湖水的温度却相当低，把手伸入水中，触手冰凉，这是多么难得又独特的体验呀。并且，天池景美，传说更美，如果能在盛夏时节来到天山天池，一定不虚此行。

📷 天池石门

　　石门是进入天池风景区的天然山口，石门被两峰夹峙，石壁巍峨，仿佛打开的两扇门板。

　　这里是由古河道鬼斧神工切割形成的峡谷，峡谷石头颜色是暗沉的赭红色，就像是用铁铸造的一样，所以这里又叫铁门关。穿过石门，别有洞天，高悬的瀑布、亭台楼阁、云杉连绵，都隐现于缥缈的云雾之间。还没有到天池，就仿佛已经是身在仙境了。

📍 新疆天山天池环湖栈道

📷 南山望雪

　　南山望雪是说游客伫立在天池冰碛堤坝上，翘首南望，可以看到远处的博格达雪山被白雪覆盖，银光闪耀。当绵延的群山上云起雾走时，雪峰时隐时现，一池碧水天光云影，给人以无尽的清心凉爽之感。而身边是高大茂盛的塔松，脚下则野花似锦，仿佛春夏秋冬四季的景物都同时映入眼帘，实在是种罕见的体验。

📍 新疆博格达雪山

📍 天池的朝霞

📷 海峰晨曦

　　天池的日出有一个很雅致的名字——海峰晨曦。在天池观日出，太阳是从群山后探头而出。天色蒙蒙时，可以在天池西侧的山坡上静静等待。太阳升起时，远处峰顶即出现一抹金黄的晨曦，随着冉冉上升的朝阳，一抹晨曦扩大为一片，翠绿的山峰罩上金红色外衣，漫山云杉变得五彩斑斓，沉睡的天池那幽静的湖面也闪跳着金黄的光斑，大自然一下子变得富丽堂皇起来。

楼兰

楼兰太阳墓

wǔ yuè tiān shān xuě　　wú huā zhǐ yǒu hán
五月天山雪，无花只有寒。

dí zhōng wén zhé liǔ　　chūn sè wèi céng kàn
笛中闻折柳，春色未曾看。

xiǎo zhàn suí jīn gǔ　　xiāo mián bào yù ān
晓战随金鼓，宵眠抱玉鞍。

yuàn jiāng yāo xià jiàn　　zhí wèi zhǎn lóu lán
愿将腰下剑，直为斩楼兰。

——李白·《塞下曲六首·其一》

艾丁湖

罗布泊

154

五月的天山漫天飘雪，只有寒冷不见花草。春天的景色，只有在笛曲《折杨柳》中才能感受到，而现实中不曾见。战士们白天随着金鼓声拼死战斗，晚上却只能枕着马鞍入眠。愿腰间的宝剑，能够早日平定边疆，结束战争。

在整个西域，楼兰就像一个不朽的传说，即便被黄沙覆盖，它的大名却依然流传在市井之中，黄金、宝藏的传闻不绝于耳。甚至有段时间，人们以为楼兰只是一个传说中的城市，因为谁也不知道，它究竟在什么地方。

直到有一天，科考人员终于在罗布泊中发现了它的残垣断壁，我们才知道，原来楼兰真的存在过。

早在公元2世纪以前，楼兰古城就是西域著名的"城郭之国"，它位于罗布泊西部，有人口1.4万。西汉初期，它处于汉和匈奴两大势力之间，双方使者的往来都要经过楼兰。为了保持中立，楼兰只好向汉朝和匈奴分别送去王子作质子。

不过，传奇般的西域古城，却在公元4世纪之后，突然销声匿迹了，而它消失的原因，却没有任何史册详细记载。

它消失的唯一线索，是公元7世纪时，唐玄奘西游归来，看到楼兰"城郭岿然，人烟断绝"，这时，楼兰的萧条之境才被人们知晓，但其中原因，却没有人说得清。

至此，楼兰便随着罗布泊飞旋的沙砾，逐渐销声匿迹，只留下无数的传说飞向中原，飞向世界各地。

古往今来，无数寻宝客前往西域找寻楼兰王国的宝藏，却大都有去无回，甚至根本没有走到楼兰，便客死异乡，连古城的海市蜃楼都没能看上一眼。直到公元1900年春，一个瑞典探险家的出现，才打破了楼兰故城的宁静。

那一年，瑞典探险家斯文率领一支驼队来到罗布泊探测，而当他进入罗布泊还不到 10 千米时，便不幸遭到沙暴袭击，他的驼队几乎全军覆没，而向导阿尔迪克活了下来。在返回考察营地时，这位向导却意外地在月光下发现了一座高大的佛塔，还有密密麻麻的废墟。废墟中露出了半截雕刻精美的木头。但由于当时环境极端恶劣，斯文只好无功而返。

　　20 年后，当他再次组织考察团来到罗布泊时，他的考察队员在孔雀河的一个支流发掘出了一具漂亮的女性木乃伊，尽管她已逝去 1000 多年，但身上的衣着依然华贵无比，这具女尸，后来被称为"楼兰美女"。

　　自那之后，楼兰故城便一点点展现在了我们的面前。它神秘的面纱，也逐渐被科考人员揭开。

📍 楼兰故城三间房遗址

现在，当你站在楼兰故城遗址前，你会发现，它最显眼的建筑遗址，是古城中间的那三间房。奇怪的是，这三间房的墙壁是城中唯一使用土坯垒砌而成的。专家分析，这里可能就是当年楼兰统治者的衙署所在地。

除此之外，还发现了一条东西走向、穿城而过的古渠道遗迹，可能是楼兰居民直接取水的水源。在城内还出土了大量的厚陶缸片、石磨盘断片、残破的木桶、各种钱币、戒指、耳环，以及汉文木简残片等。

虽然不知道我们能看见的楼兰故城，是不是楼兰的全部，也不知它究竟还有多少秘密被深藏于黄沙之下。但我们能从留下的诗篇中得知，曾有许多诗人想要"挥剑斩楼兰"。王昌龄曾说"不破楼兰终不还"，李白豪言"游猎向楼兰"，而陆游则说"楼兰勋业竟悠悠"。不知楼兰和当时的中原王朝，究竟是什么样的关系，它们是敌是友；而楼兰的消逝，会不会与此有关？

lóu lán xūn yè jìng yōu yōu　　liáo zuò rén jiān hàn màn yóu
楼兰勋业竟悠悠，聊作人间汗漫游。
bàn gǔ yún xiá dān zào shú　　yì tiān léi yǔ jiàn chí qiū
半谷云霞丹灶熟，一天雷雨剑池秋。
cháng yáng yào shì jīng xún zuì　　wèn xùn cháo xiān shù xī liú
徜徉药市经旬醉，问讯巢仙数夕留。
què guò gù lú yìng yí tàn　　àn biān yóu jì cǎi líng zhōu
却过故庐应一叹，岸边犹系采菱舟。

—— 陆游·《野兴二首·其二》

不过这些似乎也不那么重要，毕竟楼兰已不再是一个虚无缥缈的传说，对于爱它、想要寻找它的人们来说，它已是可以触摸、可以追寻的存在。楼兰终究从传说中走出来了，我们赶紧去揭开它更多更神秘的面纱吧。

📷 楼兰太阳墓

楼兰太阳墓位于孔雀河古河道北岸。它于 1979 年冬被考古学家侯灿、王炳华等人发现。古墓有数十座，墓葬的地表上有七圈规整的胡杨树桩，由内向外放射状排列，像一个圆圆的太阳，非常壮观。太阳墓距今已有 3800 年的历史，这种把太阳当作图腾建造的墓葬形式，在我国仅发现一处，著名的楼兰美女就是在这里发现的。

📍 楼兰神秘的太阳墓葬

📷 罗布泊

罗布泊是去往楼兰的必经之地，位于塔里木盆地的最低处。公元 330 年以前罗布泊的湖水较多，是中国当时第二大咸水湖，这里曾经是牛马成群、绿林环绕、河流清澈的生命绿洲。但现已干涸，只剩下大片盐壳，成了一望无际的戈壁滩，夏季最高地表温度高达 71℃，天空不见一只鸟，没有任何飞禽敢穿越这里。

罗布泊吸引了无数探险家前往，但对于这片"死亡之海"我们还是应抱有敬畏之心，只可以去开发好的景点游玩，不可以擅闯禁区哦。

罗布泊的沙漠戈壁

艾丁湖

艾丁湖是楼兰地区的一个盐湖，位于吐鲁番市高昌区，是吐鲁番盆地的最低处，也是中国陆地的最低点。它的湖面上布满了盐壳，湖心全是晶莹洁白的晶盐。湖的外圈是坚硬的盐地，中间一圈是盐沼泽，下面是淤泥。

艾丁湖还是一个天然植物园，盐穗木、花花柴、梭梭等植物倚赖着盐碱土壤生长着，而这些植物又吸引了雪豹、岩羊、猞猁、野骆驼等动物前来觅食，给这片几乎干涸的湖泊带来了勃勃生机。

艾丁湖景区

图书在版编目（CIP）数据

跟着唐诗去旅行 : 全 2 册 / 任乐乐著 . —— 北京 :
北京理工大学出版社 , 2025. 3.
ISBN 978-7-5763-4968-9

Ⅰ . I207.227.42

中国国家版本馆 CIP 数据核字第 2025J2394D 号

责任编辑：李慧智　　　**文案编辑**：李慧智
责任校对：王雅静　　　**责任印制**：施胜娟

出版发行 / 北京理工大学出版社有限责任公司

社　　址 / 北京市丰台区四合庄路 6 号

邮　　编 / 100070

电　　话 / （010）68944451（大众售后服务热线）
　　　　　　（010）68912824（大众售后服务热线）

网　　址 / http://www.bitpress.com.cn

版 印 次 / 2025 年 3 月第 1 版第 1 次印刷

印　　刷 / 武汉林瑞升包装科技有限公司

开　　本 / 787 mm × 980 mm　1/16

印　　张 / 21

字　　数 / 280 千字

定　　价 / 109.00 元（全 2 册）